भीगी पलकें

दत्त भारती

हिन्द पॉकेट बुक्स
पेंगुइन रैंडम हाउस इम्प्रिंट

हिन्द पॉकेट बुक्स

यूएसए। कनाडा। यूके। आयरलैंड। ऑस्ट्रेलिया। सिंगापुर
न्यू ज़ीलैंड। भारत। दक्षिण अफ्रीका। चीन

हिन्द पॉकेट बुक्स, पेंगुइन रैंडम हाउस ग्रुप ऑफ़ कम्पनीज़ का हिस्सा है,
जिसका पता global.penguinrandomhouse.com पर मिलेगा

पेंगुइन रैंडम हाउस इंडिया प्रा. लि.,
चौथी मंजिल, कैपिटल टावर -1, एम जी रोड,
गुड़गांव 122 002, हरियाणा, भारत

पेंगुइन
रैंडम हाउस
इंडिया

प्रथम हिन्दी संस्करण हिन्द पॉकेट बुक्स द्वारा 1978 में प्रकाशित
यह हिन्दी संस्करण हिन्द पॉकेट बुक्स में पेंगुइन रैंडम हाउस द्वारा 2022 में प्रकाशित

10 9 8 7 6 5 4 3 2

इस पुस्तक में व्यक्त विचार लेखक के अपने हैं, जिनका यथासंभव तथ्यात्मक सत्यापन किया गया है, और इस संबंध में प्रकाशक एवं सहयोगी प्रकाशक किसी भी रूप में उत्तरदायी नहीं हैं।

ISBN 9789353495831

मुद्रकः रेप्रो इंडिया लिमिटेड

www.penguin.co.in

This is a legitimate digitally printed version of the book and therefore might not have certain extra finishing on the cover.

भीगी पलकें

मैं केवल को न जानता था लेकिन मेरी बेटी रोमा केवल का लड़की रूपा के साथ स्कूल में पढ़ती थी।

एक दिन रोमा ने कहा :

"पापा, मेरी एक सहेली रूपा के भाई का ब्याह है। बरात अम्बाला जा रही है। क्या मैं चली जाऊं?"

"क्या वह तुम्हारी सहपाठिन है?"

"जी नहीं। वह दसवीं में फेल हो गई थी।"

"ऐसी होशियार लड़की से तुम्हारी मित्रता कैसे हो गई?"

"वे सरकारी क्वार्टर में रहते हैं और हम एक ही बस स्टाप से बस पर सवार होते हैं।"

"यह कोई खास बात नहीं। इसे मित्रता नहीं कहा जा सकता। फिर उसके पिता क्या सरकारी अफसर हैं?"

"जी नहीं। सात सौ रुपये मासिक वेतन पाता है।"

"बस..?"

"केवल दो दिन की बात है। इस रविवार को एक बजे बस चली जाएगी और सोमवार को लौट आएगी।"

"वह तो ठीक है लेकिन मैं तुम्हारी सहेली के पिता को नहीं जानता, वे किस प्रकार के लोग हैं। फिर तुम जवान हो। जवान लड़की को मैं अनजान पुरुष की बरात में कैसे भेज दूं? मैं इतना स्वतंत्र विचार का नहीं हूं। लड़का होता तो और बात थी।"

इतने में मेरी पत्नी आ गई।

“क्या बात हो रही है?”

“रीता! रोमा अपनी एक सहेली के भाई की शादी में दिल्ली से बाहर जाना चाहती है।”

“तो जाने दीजिए।”

“पागल हो गई हो। रोमा अब बच्ची नहीं है। हम रूपा के माता-पिता को भी नहीं जानते। शहर में विवाह होता तो और बात है। ज़माना बहुत गंभीर है।”

“आपको पुराने विचार नहीं रखने चाहिए। ज़माना बदल गया है। अब लड़कियां पुरुषों के साथ मिलकर काम करती हैं।”

“करती होंगी। लेकिन मैं रोमा से नौकरी नहीं कराऊंगा। बी० ए० कर ले तो ब्याह कर दूंगा।”

“पापा...आप तो खामखाह डरते हैं। मैं बरफी का टुकड़ा नहीं जो कोई खा लेगा।” रोमा ने कहा।

“बेटी, तुम ठीक कहती हो। ज़माना बहुत गंभीर है। यदि कोई बात हो गई तो मैं मुंह दिखाने योग्य न रहूंगा। मैंने जीवन में कभी गलत काम नहीं किया। और न चाहता हूं कि मेरी संतान करे। यदि मैं रूपा के पिता को जानता होता तो और बात है...”

“आज शाम को मिलवा देती हूं।”

“मिलने से क्या होगा। एक घंटे में कुछ अनुमान नहीं लगाया जा सकता।”

“आप तो यूं ही डर रहे हैं।” रीता बोली। “आखिर बरात में चालीस-पचास पुरुष-स्त्रियां होंगी। डरने की कोई बात नहीं है।”

“पापा, कंवल भी जा रही है। कंवल तो इस घर में कई बार आई है। उसके माता-पिता से मिला दूं? वह अच्छी लड़की है।”

“फिर क्या आपत्ति है?” रीता ने कहा।

“तुम ज़रा चुप रहो। तुम दुनियादारी नहीं जानती हो। दुनिया हमारी तरह शरीफ नहीं है। मैं तो इसे ऐसे कॉलेज में पढ़ाऊंगा जो केवल लड़कियों का होगा।”

हिन्द पॉकेट बुक्स

भीगी पलकें

दत्त भारती आधुनिक हिन्दी साहित्य के प्रमुख लेखक, कवि, नाटककार और सामाजिक विचारक थे। कहानी, कविताओं और लेखों के अलावा आपने कई सौ उपन्यास लिखकर साहित्य में अपना एक अलग विशिष्ट स्थान बनाया है। घर और स्कूल से प्राप्त आर्यसमाजी संस्कार, विश्वविद्यालय का साहित्यिक वातावरण, देशभर में होने वाली राजनैतिक हलचलें, बाल्यावस्था में आर्थिक संकट इन सबने आपको अति संवेदनशील, तर्कशील और विचारक बना दिया, जो आपके लेखन का आधार बना। आपको समाजसेवा एवं लेखन के लिए कई पुरस्कार भी मिले हैं।

"वह तो ठीक है। जब कंवल जा रही है तो इसे भी जाने दीजिए। अब बच्चे बड़े हो गए हैं।"

इतने में मेरी बड़ी बेटी नीलम भी आ गई।

"नीलम से पूछो। क्या इसे पसन्द है?" मैंने कहा।

"क्या बात है?" नीलम ने कहा। वह कॉलेज में पढ़ती थी और मैं उसे बेटी नहीं, बेटा समझता था।

रीता ने उसे सब कुछ बताया।

"रोमा, यह रूपा वही तो नहीं, जो हर बात में झूठ बोलती है? जिसकी हर चीज़ विलायत से आती है?" नीलम ने हंसकर कहा।

"वही है।" रोमा ने कहा

"पापा! मेरे विचार से इसे जाना नहीं चाहिए। रुपा का पिता शराब बहुत पीता है और शादी पर तो शराब की बोतलें खुलती हैं। जो कभी नहीं पीता वह शादी पर पीता है क्योंकि वहां मुफ्त की मिलती है।" नीलम ने कहा।

"शराब तो आप भी पीते हैं। और रोज़ पीते हैं।" रीता ने कहा।

"लेकिन पीकर बहकता नहीं।"

"यह अलग बात है।"

"कंवल भी जा रही है वह मुझसे अधिक सुन्दर है।" रोमा ने कहा।

"खैर... । मुझे रूपा के पिता से मिलवाओ"

"चलिए बहुत दूर नहीं। केवल सामने क्वार्टर्स में जाना है।" रोमा ने कहा।

"चलो। क्या वह दफ्तर से आ गए होंगे?"

"वह साढ़े पांच बजे आ जाते हैं।"

"चलो।"

"पतलून तो पहन लीजिए। क्या लुंगी में ही जाएंगे?" रीता ने कहा।

"जितनी देर में पतलून पहनूंगा, उतनी देर में तो लौट भी आऊंगा। मुझे बनावट से घृणा है। मैं जो हूं वही रहूंगा। डेढ़ लाख के मकान का मालिक हूं। चार सौ रुपया महीना किराया पाता हूं—चलो रोमा।"

"आइए।" रोमा ने कहा।

पिता और पुत्री केवल के घर जा रहे थे।

"पापा, आप इतना डरते क्यों हैं?"

"बेटी, कुछ बातों में डरना ही चाहिए। तुम जीवन के उस मोड़ पर पहुंच गई हो जहां मनुष्य स्वयं को बड़ा समझता है यद्यपि वह बड़ा नहीं होता।"

"लेकिन लड़के सर्किल बना सकते हैं तो लड़कियां क्यों नहीं बना सकतीं?"

"बेटी, यदि शादी इस शहर में होती तो और बात थी।"

"पापा, ज़माना बदल गया है।"

"लेकिन मैं नहीं बदलना चाहता।"

"क्यों।"

"बयालीस वर्ष की आयु में इन्सान बदल नहीं सकता।"

घर आ गया था।

यद्यपि दरवाज़ा खुला था फिर भी मैंने दरवाज़े पर दस्तक दी, "आ जाओ।" भीतर से भारी आवाज़ आई।

मैं और रोमा भीतर चले गए।

"अंकल, यह मेरे पापा हैं।" रोमा ने कहा।

"ओह, आप!" केवल खड़ा हो गया। वह शराब पी रहा था। कमरे में दो कुर्सियां थीं और एक चारपाई थी, जो सोफे का काम देती थी। उसने हाथ आगे बढ़ाया। मैंने हाथ मिलाया।

"रोमा तो आपके बारे में बहुत बातें करती हैं। आप "कमर्शियल आर्टिस्ट हैं?"

"जी हां।"

"विराजिए!" कहकर केवल ने रूपा को आवाज़ दी। एक मिनट के भीतर रूपा आ गई।

"अरी रोमा, तुम!"

"यह मेरे पापा हैं।"

रूपा ने नमस्ते कही। मैंने उत्तर दिया।

"रूपा और रोमा पक्की सहेलियां हैं।" केवल ने कहा "रूपा, एक गिलास लाओ।"

"अभी लाई डैडी।" कहकर रूपा और रोमा चली गईं।

मैंने कमरे का निरीक्षण किया। दीवारों पर आधा दर्जन कलेंडर थे। जैसे पान वाले और हज्जाम लगाते हैं। नक्शा चीख-चीखकर कह रहा था कि घर में गरीबी थी और तंगी है, और वे हर ओर से झांक रही थीं।

"आपका काम कैसा चल रहा है?" केवल ने पूछा।

"दाल-रोटी मिल जाती है।"

"आपके पास कार के सिवा सब कुछ है। टेलीविज़न है। रडियोग्राम है। फ्रिज है। इसे आप दाल-रोटी कहते हैं? फिर दिल्ली में अपना मकान हैं।" केवल ने कहा।

रूपा गिलास ले आई।

"मैं तो पानी के साथ पीता हूं। आप सोडा पसन्द करते हों तो मंगा देता हूं।"

"मैं ह्विस्की नहीं पीऊंगा।"

"क्यों, आर्टिस्ट और कलाकार तो सब पीते हैं।"

"वह तो ठीक है, लेकिन मेरे कुछ नियम हैं। मैं घर में बिना सूचित किए आया हूं।"

"तो क्या अन्तर पड़ता है?"

"आप जारी रखें।"

"ह्विस्की अकेले पीने से बात नहीं बनती। यह तो मेरा सौभाग्य है जो आप जैसे कलाकार मेरे गरीबखाने परं आए हैं...।" केवल ने कहा।

केवल की आयु पचास के लगभग थी। कनपटियों के बाल सफेद हो गए थे। बाल धुंघराले थे। जवानी में बहुत सुन्दर रहा होगा।

इतने में एक लड़का आ गया। चौबीस-पचीस वर्ष की आयु होगी।

"हैलो डैडी।"

"तुम कहां से आ रहे हो?"

"सिनेमा देखकर।"

"इस समय कौन-सा सिनेमा शो खत्म होता है।"

"डैडी, बस नहीं मिली।"

"अब तुम बच्चे नहीं हो। इस इतवार को तुम्हारी शादी है। प्राण, तुम जुआ खेलना बन्द कर दो।"

"डैडी। मैं जुआ खेलकर नहीं आया हूं।"

"मैं तुम्हारा पिता हूं या तुम मेरे पिता हो?"

"डैडी। प्यास लगी है। एक पेग दे दो।"

"अपना गिलास लाओ।"

"अभी लाता हूं।" कहकर प्राण चला गया।

"आप बाप-बेटा इकट्ठे शराब पीते हैं?"

"अकेले पीने में मज़ा नहीं।"

"लेकिन प्राण तो चौबीस-पचीस वर्ष का होगा। इस आयु में लत पड़ गई तो जीवन नष्ट हो जाएगा।" :

"खैर, वह जवान है। कमाता है।"

"कहां काम करता है?"

"एक फर्म में। छ: सौ रुपये कमाता है।"

प्राण आ गया था। उसने गिलास में ह्विस्की डाली। ह्विस्की से आधा गिलास भर गया। थोडा-सा पानी डाला और 'चिअर्ज़' कहकर गिलास मुंह को लगा लिया।

"यह विनोद साहब हैं।" केवल ने मेरा परिचय कराया। "रोमां के डैडी।"

"नमस्ते। मैंने पॉकेट बुक्स पर आपके कवर देखे हैं। बहुत सुन्दर होते हैं।" प्राण ने कहा।

"धन्यवाद।"

"आप क्यों नहीं पी रहे हैं?"

"मूड नहीं है।"

"शराब का भी कोई मूड होता है। जब मिली पी डालो।" प्राण ने कहा।

"बेटा, तुम ठीक कहते हो पर मैं ऐसा शराबी नहीं हूं।"

"विनोद साहब, आप भी हमारे साथ चलें।"

"कहां?"

"बरात में।"

"मैं तो क्षमा चाहता हूं। काम बहुत है। प्रकाशक सिर पर सवार होकर काम कराते हैं। मेरा जाना तो कठिन है।"

"कभी आराम भी करना चाहिए।" केवल ने कहा।

"जब आराम का समय आएगा। आराम कर लूंगा। दो बेटियां। हैं। इनकी शादी करनी है। कॉलेज में पढ़ाना है।"

"रोमा तो जा रही है?"

"वही बात करने आया था।"

"रूपा और रोमा में फर्क ही क्या है। जैसे रूपा हमारी बेटी है, वसे ही रोमा है। इनकी वजह से तो आज आपसे भेंट हो गई। फिर एक रात की बात है। आप बिल्कुल चिंता न करें। एक दर्जन महिलाएं और लड़कियां जा रही हैं।" केवल ने कहा।

"वह ठीक है। लेकिन मैं सोचकर उत्तर दूंगा।"

"इसमें सोचना क्या है। इतवार को बस चलेगी और शाम को अम्बाला पहुंच जाएंगे। अगले दिन सुबह आठ बजे डोली ले आएंगे।" केवल ने कहा।

मैं जानता था, शराबी से बहस करना व्यर्थ है।

"अच्छा। अब अनुमति चाहता हूं।"

"इतनी जल्दी! खाना खाकर जाइएगा।"

"जी नहीं, धन्यवाद! घर पर प्रतीक्षा हो रही होगी।"

"सोमवार शाम छ: बजे पार्टी है। इसमें अवश्य भाग लें।"

"वह अलग बात है। यदि कोई खास काम न आ पड़ा तो आ जाऊंगा।"

"आप काम की बहुत चिंता करते हैं। दुनिया में धन ही सब कुछ नहीं है।"

"मैं जानता हूं। लेकिन हमारे कमाने के कुछ वर्ष होते हैं, वरना कलाकार का जीवन ता संघर्ष से पूर्ण है। भूख और तंगी से भरा हुआ।"

"आपको क्या चिंता? मैंने तो सुना है, आप तीन-साढ़े तीन हज़ार मासिक कमा लेते हैं।"

"ऐसी बात नहीं। जितना काम कर लो उतने पैसे मिल जाते हैं।"

"लेकिन अब तो आपकी आय पर्याप्त है।"

"न मालूम कब मार्केट में बाढ़ आ जाए। प्रकाशक जिस तरह पैदा होते हैं। उसी तरह समाप्त भी हो जाते हैं।"

"अच्छा। अब तो एक पेग पी लीजिए।"

"फिर किसी दिन पीएंगे।"

"खैर, मैं विवश नहीं करता। लेकिन सोमवार को पार्टी में अवश्य आएं।"

"उस दिन भी शराब होगी?"

"जी हां।"

"तो उस दिन पी लूंगा।" कहकर मैं खड़ा हो गया। और रोमा को पुकारा।

रोमा आई तो मैं केवल और प्राण से हाथ मिलाकर चला आया।

रास्ते में रोमा ने पूछा, "क्या बात हुई?"

"कोई खास नहीं।"

रोमा चुप हो गई। हम घर पहुंचे तो रीता आ गई।

"कैसे लोग हैं?"

"बाप-बेटा दोनों शराबी हैं। और इकट्ठे बैठकर पीते हैं।"

"आपने पी ली?"

"नहीं। तुम मेरे सिद्धांत जानती हो। मैं पहली भेंट में किसीके साथ

शराब नहीं पीता।"

"घर कैसा है?"

"जैसा एक क्लर्क का हो सकता है। सरकारी क्वार्टर है। फर्श कई जगह से टूटा हुआ है। कमरे में दो कुर्सियां और एक मेज है। इसके अतिरिक्त चारपाई है, जो सोफे का काम देती है।"

"फिर क्या सोचा?"

"तुम भेजना चाहती हो तो भेज दो। मैं विरोध नहीं करूंगा। लेकिन रोमा के साथ एक मिनिस्टर की लड़की पढ़ती है। कुछ एम० पी० की हैं। शेष सरकारी अफसरों की हैं। न मालूम रोमा की मित्रता कैसे हो गई?"

नीलम भी आ गई।

"पापा, क्या सोचा?"

"अपनी मामा से पूछ लो।"

"मामा, पापा तो यूंही परेशान हैं। दस-बारह लड़कियां और महिलाएं जा रही हैं।" रोमा ने कहा।

"यह ठीक है, लेकिन मुझे ऐसे शराबी पसन्द नहीं जो घर में आवश्यक वस्तुएं भी नहीं खरीदते और शराब पर पैसे खर्च करते हैं।" मैंने कहा, "मैं भी शराब पीता हूं। लेकिन घर में क्या नहीं है।"

"पापा, रूपा बातें बड़ी-बड़ी करती है। अमेरिका से यह आया, इंग्लैंड से वह आया। रोमा और कंवल तो उसका मज़ाक उड़ाती हैं। जिस दिन बस नहीं मिलती तो हम पैदल आती हैं, और उसकी झूठी बातों से रास्ता आसान हो जाता है।" नीलम ने कहा।

"तुम्हारे सर्किल में तो सारी कारों वाली हैं।" रोमा ने चिढ़कर कहा।

"अब बहिनों में बहस शुरू हो जाएगी। यह बात यहां ही समाप्त कर दो।" रीता ने कहा।

"नौ बज रहे हैं। मुझे एक पेग दो और खाना लगा दो। अरुण कहां है?"

"वह पढ़ रहा है।"

"रीता, पेग बना दो।"

"अभी लाई।" कहकर रीता चली गई।

"पापा, घर कैसा है?"

"केवल दीवारें, कलैंडर और गरीबी नज़र आती है। इसके अतिरिक्त शराब की खाली बोतलें होंगी। सात सौ-साढ़े सात सौ वेतन मिलता है और आधा ह्विस्की को भेंट हो जाता है।" मैंने कहा।

"रोमा, तुम क्या करोगी जाकर?" नीलम बोली।

"दीदी, तुम अपना काम करी। मुझे तुम्हारी आज्ञा की आवश्यकता नहीं।" रोमा ने गुस्से में कहा।

रीता पेग ले आई थी।

"नीलम, रोमा, तुम जाकर रोटियां बनाओ।" रीता ने कहा।

दोनों बहिनें चली गईं। सुबह को खाना रीता बनाती थी और शाम को एक सप्ताह नीलम और एक सप्ताह रोमा बनाती थी।

"फिर क्या विचार है?"

"रीता, इन लोगों का रहन-सहन कुछ नहीं। हमारे काम न आ सकेंगे। अब तुम सोच लो।"

"तो रोमा को भेज दें?"

"तुम बेहतर समझती हो। सोमवार को वे पार्टी दे रहे हैं। उस दिन जाकर सगुन दे आएंगे। और कहानी खत्म।" कहकर मैंने गिलास भी खाली कर दिया।

"और?" रीता ने पूछा।

"दे दो। एक पेग से क्या बनेगा।"

"इस तरह कहते-कहते आप छ: पेग पी जाते हैं।"

"और दिन में काम गधे की भांति करता हूं।"

"पीने वाले को तो बहाना चाहिए।" कहकर रीता खड़ी हो गई। और गिलास उठाकर चली गई।

मैंने सिगरेट सुलगा ली।

रीता लोट आई।

"आप कह रहे थे कि सोमवार पार्टी के बाद कहानी समाप्त हो जाएगी।"

"हां।"

"आप भूल रहे हैं। जीवन में सब लोग काम आते हैं। सड़क का पत्थर भी काम आ सकता है।"

"वह ठीक है, लेकिन इनका तो कोई स्टैंडर्ड ही नहीं है। घर भूख और गरीबी का प्रतिबिम्ब है, लेकिन पिता और पुत्र रोज़ शराब पीते हैं।"

"शराबियों की यही हालत होती है, कोई नई बात नहीं।" रीता ने कहा।

"मेरे सारे दोस्त शराबी हैं। लेकिन उनके घरों की ऐसी दशा नहीं है।"

"फिर भी वे कभी न कभी काम आ सकते हैं।"

"रीता, मैं दिन-भर काम करके आया हूं। लोग आठ घंटे काम करते हैं और मैं चौदह घंटे काम करता हूं। अब तुम मेरी शराब न खराब करो। तुम रोमा को भेजना चाहती हो तो भेज दो। न मैं भेजने के पक्ष में हूं और न विरोध में। ज़माना बहुत बदल गया है। आजकल के ज़माने में कुंआरी लड़की की निगरानी भी नहीं हो सकती, केवल इन्हें ऊंच-नीच समझाई जा सकती है। बहस करोगी तो मैं शराब पीता जाऊंगा और सुबह उठ न सकूंगा।"

"अच्छा, छोडिए इस किस्से को। वैसे आप जानते हैं कि हमारे रिश्तेदार कैसे हैं। कल नीलम की शादी करनी पड़ी तो वर बताने की जगह रोड़े डालेंगे। केवल मित्र और परिचित ही काम आ सकते हैं।"

"तो रिश्तेदारों को बताने की आवश्यकता क्या है? इतवार का समाचारपत्र उठाकर देखो। विवाह के सैकड़ों विज्ञापन होते हैं।"

"मैं विज्ञापनबाज़ी में विश्वास नहीं रखती। जो विज्ञापन देते हैं, उनमें या तो कोई अवगुण होता है या वे लालची होते हैं। और सौदेबाज़ी करना चाहते हैं। देखना चाहते हैं कि कौन अधिक दहेज दे सकता है।"

"बातों में तुमसे कोई नहीं जीत सकता, तुम हर बात को काट सकती

हो।"

"यह मेरी आदत है।"

इतने में टेलीफोन की घंटी बज उठी।

"रीता, देखो कौन है? यदि कोई प्रकाशक हुआ तो कह देना, मैं घर पर नहीं हूं।"

"बेहतर।" कहकर रीता ने उठकर फोन सुना।

"यस।" रीता ने कहा।

"विनोद साहब हैं?" उधर से आवाज़ आई।

"आप कौन बोल रहे हैं?"

"मैं मेजर पुरी बोल रहा हूं।"

"जी, वे घर पर नहीं हैं।"

"कब आएंगे?"

"कह नहीं सकती।"

"मैं एक घंटे तक इस नम्बर पर हूं। आएं तो कहना फोन कर दें।"

"जी, नम्बर बता दीजिए। मैं कह दूंगी।"

"कौन था?" मैंने पूछा।

"मेजर पुरी।"

"और तुमने कह दिया मैं घर पर नहीं हूं?"

"जी हां। मेजर पुरी आपको ऑफीसर्स क्लब में ले जाते और आप रात दो बजे घर लौटते। फिर काम न कर सकते।"

"चलो, अच्छा किया।"

"गिलास खाली है। खाना खा लीजिए।"

"अभी नहीं।"

"मैंने तो पहले ही कहा था कि अब आप एक-एक पेग करके छः पेग पीएंगे।"

"तुम बहुत समझदार हो।"

"बस। अन्तिम पेग दे रही हूं।"

"वह शेर सुना है।"

"कौन-सा?"

"वह रफ्ता-रफ्ता जाम पिलाते चले गए।
मैं रफ्ता-रफ्ता होश में आता चला गया।"

"कई बार सुना है। मैं तीसरा पेग ला रही हूं और यह अंतिम है।"

"फिर इसे पटियाला पेग बना दो।"

"आप फिर भी बस न करेंगे।"

"मूड ही कुछ ऐसा है। वह दिन भूल गईं जब मैं और सागर साहब देसी शराब का एक पाव लाते थे और नशा हो जाता था।"

"वह अस्सी डिग्री की बोतल थी। फिर अब वे दिन नहीं रहे।" कहकर रीता चली गई।

नीलम ने कहा, "पापा, खाना तैयार है।"

"अभी खाता हूं। तुम, रोमा और अरुण खा लो।"

"आप ह्विस्की पीते रहते हैं और मामा भूखी बैठी रहती है।"

"अच्छी पत्नी ऐसी ही होती है।" मैंने हंसकर कहा।

रीता पेग ले आई, जो सचमुच पटियाला पेग ही था।

"मामा," नीलम बोली, "आप पापा को खराब करती हैं। वह मांगते रहते हैं और आप पिलाती रहती हैं।"

"चुप करो। घर में बैठे हैं तो पता चल जाता है कि कितनी पी है। बाहर न मालूम कितनी पीकर आते हैं।"

"लेकिन पड़ोसियों को पता नहीं चलता।" मैंने कहा।

"स्वास्थ्य अपनी जगह है।" रीता बोली। "एक दिन हाथ कांपने लगेंगे और आप काम न कर सकेंगे।"

"तुम अपने डैडी की बात कर रही हो?" मैंने रीता को चिढ़ाया।

"अब व्यक्तिगत कटाक्ष पर उतर आए?"

"ओ० के०," मैंने कहा। फिर नीलम से बोला, "जाओ बेटी, तीनों खाना खा लो।"

नीलम चली गई।

"रीता!"

"जी।"

"आज दिन में बात हो रही थी। सोना आजकल एक सौ तीस रुपये का दस ग्राम है। और यह सात-आठ सौ तक पहुंच जाएगा। दस हज़ार का सोना खरीद लो।"

"आप चेक दे दें। मैं खरीद लूंगी।"

"तुम्हारे एकाउंट में कितने पैसे हैं?"

"तीन हज़ार के करीब हैं।"

"पहले उसका खरीद लो।"

"नम्बर दो का पैसा क्यों नहीं निकालते?"

"कल बैंक चलना। लॉकर से पांच हज़ार निकलवा लेंगे।"

"बेहतर।"

फिर नीलम के ब्याह की बातें शुरू हो गईं।

रोमा ब्याह में सम्मिलित हुई और अम्बाला गई। सोमवार को एक बजे घर लौटी।

मैं दफ्तर जाने लगा तो रीता ने कहा, "आज सोमवार है। पार्टी में जाना है।"

"मैं छ: बजे आ जाऊंगा। तुम तैयार रहना।"

"छ: नहीं, पांच बजे।"

"पांच बजे तो दिन होता है। वहां पीने का प्रोग्राम है। और वह छः के बाद शुरू होगा। पहले जाकर क्या करेंगे, बोर होंगे?"

"दुल्हन देखेंगे और दहेज भी।"

"स्त्रियों को दुल्हन, दहेज और बच्चों के अतिरिक्त देखने के आलावा और क्या है।"

"दफ्तर जाइए। कल इतवार था, घर पर काम करते रहे। इतवार को भी आराम नहीं करते।"

"रात को तो करता हूं।"

"यदि मेजर पुरी जैसे मित्र न हों।"

"अब तुम्हें मेरे मित्रों से भी शिकायत है?"

"जी नहीं।"

"कल दो टाइटिल बनाए। यानी ढाई सौ रुपये का काम किया। क्या बुरा है?"

"खैर, शाम को जल्दी आइएगा।"

"ओ० के०। मेरे बच्चों की मां, शाम को जल्दी आऊंगा।" कहकर मैं दफ्तर चला गया।

काम करते रहो तो समय का पता ही नहीं चलता। न मालूम कब पांच बज गए। अचानक मुझे ध्यान आया कि आज तो मुझे पार्टी में जाना है। रीता और रोमा प्रतीक्षा कर रही होंगी। मैंने ब्रुश धो डाले। चपरासी से कहा कि दफ्तर बंद कर दो। दफ्तर बंद करके बाहर आया तो स्कूटर का नामोनिशान न था। कुछ कदम चलकर कनाट सर्कस पहुंचा, और मोटर साइकिल रिक्शा पर बैठ गया, जो घर तक न जाता था। एक किलोमीटर पैदल चलना पड़ता था। मैं तेज़ कदम उठाता हुआ घर पहुंचा।

"आखिर आप आ गए?" रीता ने कहा।

"क्या बजा है?"

"सवा छः।"

"तो चलो।"

"मुंह-हाथ धोकर नये कपड़े पहन लीजिए।"

"इन कपड़ों में क्या है?"

"आप हर बात में अपनी हांकते हैं। दुनिया में दिखावा भी ज़रूरी है।"

"इस उम्र में?"

"हां, इस उम्र में। नये लोगों से मिलने जा रहे हैं। क्या इस पोशाक में जाएंगे जिसपर रंग लगे हैं?"

"लोग जानते हैं, मैं कलाकार हूं।"

"अब बहस छोड़िए। पहले ही देर हो गई। मैंने कपड़े निकालकर रखे हैं। आप जल्दी से मुंह-हाथ धो लीजिए।"

"बेहतर।"

मैंने मुंह-हाथ धोया। कपड़े बदले। रीता और रोमा तैयार थीं; और हम केवल के घर चल दिए। वहां पहुंचे तो देखा, काफी लोग थे। चाय और खाने का सामान था। केवल से भेंट हुई।

"विनोद साहब, आप आ गए?" केवल ने कहा।

"जी। ज़रा देर हो गई।"

"कोई बात नहीं। हमारी पार्टी शुरू नहीं हुई है। आइए आपको दहेज दिखाऊं।"

वह शामियाने से घर ले गया। कमरे में प्रविष्ट हुए तो मैं चौंक पड़ा। क्या यह वही कमरा था, जहां मैं तीन दिन पहले आया था, जहां गरीबी और भूख नाच रही थीं! वहां से चारपाई हटा ली गई थी। कमरे में डनलप का सोफा था, सेंटर टेबिल थी, सनमाइका की। बरामदे में डाइनिंग टेबिल थी सनमाइका की और छः कुर्सियां थीं।

"यह फर्नीचर है। इसके अतिरिक्त स्टेनलेस स्टील के इक्यावन बर्तन हैं। तीन सोने के सेट हैं। छ: चूड़ियां हैं। उन्नीस सूट और साड़ियां हैं। कपड़े सीने की मशीन है, रेडियो है। प्राण के दो गर्म सूट हैं। मुझे यह सोने की अंगूठी मिली है और आपकी भाभी सावित्री को सोने का हार। बाकी दो बिस्तर हैं। साटन की रजाइयां हैं। छ: चादरें है।" यह सब कुछ दिखाने के बाद उसने कहा, "आप अपनी बहू से मिलिए।"

"पहले मिसेज़ विनोद से मिलिए। यह रीता है, मेरी पत्नी।" मैंने कहा।

"बताने की आवश्यकता नहीं। मां-बेटी की सूरत मिलती है।...और खाना बेहतरीन था। रोमा ने तो खाया है। क्यों रोमा, खाना कैसा था?"

"अंकल, बहुत अच्छा था।" रोमा ने कहा।

"आइए।" केवल चल पड़ा। रोमा उसके साथ थी। मैं तीन कदम पीछे था।

"क्या देना है?" मैंने रीता से पूछा।

"इक्कीस रुपये।"

"इक्यावन क्यों नहीं?"

"नहीं। यहां तो सब पांच वाले हैं, जो आधी दर्जन बच्चों को भी लाए हैं। यूं तो चाय की पार्टी है लेकिन वह इतना खाएंगे कि रात को खाना न पकाना पड़े।" रीता ने धीरे से कहा।

प्राण पत्नी के साथ बैठा था। पत्नी बहुत सुन्दर थी। जापानी गुड़िया नज़र आ रही थी। सुर्ख रंग की बनारसी साड़ी। सुर्ख चूड़ा। गले में कुन्दन सेट, एक कलाई पर सुर्ख चूड़े के साथ घड़ी थी। और दूसरी कलाई में आठ या दस सोने की चूड़ियां थीं।

केवल ने परिचय कराया। "सरोज ...यह मेरे मित्र विनोद हैं। बहुत बड़े कलाकार हैं।"

मैंने इक्कीस रुपये दिए तो उसने मेरे पांव को हाथ लगाया।

प्राण सिगरेट फूंक रहा था।

"हैलो अंकल।" प्राण ने कहा।

"जीती रहो बेटी। भगवान तुम्हें सब खुशियां दे।" मैंने पांव छूने पर सरोज को आशीर्वाद दिया।

"भाभी, आप और रोमा चाय पी लें।" केवल बोला।

"और यह...।" रीता ने मेरी ओर संकेत किया।

"यह मेरे साथ पीएंगे। विनोद साहब, अपना वायदा याद है?" केवल ने कहा।

"क्यों नहीं?"

"पापा, अंकल ने इक्कीस रुपये दिए हैं।" प्राण बोला।

"इक्कीस बहुत अधिक हैं।" केवल ने कहा।

"अब आप चुप रहिए।" मैंने मुस्कराकर कहा। मैं जानता था इक्कीस कम हैं।

"भाभी और रोमा, जाओ। आप लोग चाय इत्यादि पी लो। और विनोद साहब, आप इधर आइए।"

केवल मुझे बाहर के बरामदे में ले गया। जहां जाफरी डालकर कमरा बना दिया गया था। मेज़ पर चार बोतलें ह्विस्की की पड़ी थीं। दो सोडे थे। ह्विस्की अड़तीस रुपये की एक बोतल थी। और वही मैं रोज़ पीता था।

"आप यह ब्रांड पी लेंगे?" केवल ने कहा।

"मैं यही पीता हूं।"

"अनिल, विनोद साहब को पेग दो।"

"ज़रा रुक जाइए। अभी समय ही क्या हुआ है?"

"आप शेष बच्चों को क्यों नहीं लाए? आपका खाना तो हमारे यहां है। मैंने मुर्गे बनवाए हैं।"

"अरुण पढ़ रहा था। और नीलम की परीक्षा सिर पर है।" मैंने कहा।

"नीलम बेटी। सेकेंड ईयर में है?"

"जी हां।"

"आप फोन करके उन्हें भी बुला लें।"

"नहीं, मैं घर को ताला नहीं लगाना चाहता। फिर अरुण का कुछ पता नहीं, घर पर है या बाहर गया है।"

"खैर, बहू तो बहुत अच्छी मिली है। लेकिन दहेज भी कम नहीं। क्या विचार है?"

"जी हां। बहुत अच्छा।"

अनिल ने पेग बढ़ाया "लीजिए अंकल।"

"और आप?"

"मैं साथ दूंगा। छोटा पेग लेता हूं। आप यहां आराम से बैठकर पीएं। मैं ज़रा अतिथियों का स्वागत कर लूं।"

केवल ने गिलास में आधे की जगह पूरा पेग डाला। थोड़ा सोडा डाला

और गिलास टकराए। मैंने छोटा-सा घूंट लिया और केवल ने गिलास खाली कर दिया।

"सिगरेट...?" केवल ने पूछा।

"मैं नहीं पीता।"

"फिर क्या सेवन करते हैं?"

"पान।"

"तम्बाकू वाले?"

"जी हां।"

"अनिल, चार पान तो ले आओ। कौन-सा तम्बाकू खाते हैं?"

"मेरे पास है।" मैंने जेब से पकेट निकाला।

"अच्छा, आप जारी रखें। मैं अभी आता हूं। अब तो लोग जा रहे हैं, केवल पीने वाले रह जाएंगे। हमारी पार्टी तो फिर शुरु होगी।"केवल ने सिगरेट का कश लेते हुए कहा।

केवल चला गया। मैं धीरे-धीरे ह्विस्की पीने लगा और सोच रहा था कि मध्यम श्रेणी के लोग इसी दिन की प्रतीक्षा में वर्षों चारपाई को सोफा बना सकते हैं कि जिस दिन बेटे की शादी होगी तो दहेज में सब कुछ आ जाएगा। आज से कुछ दिन पहले तो घर में एक अच्छी चादर भी न थी, तौलिया भी न था। और अब घर का नक्शा ही बदल गया था। प्राण केवल छः सौ रुपये मासिक कमा रहा था। कोई क्या देता है और क्या लेता है, मैं कभी जानने का इच्छुक नहीं होता। लेकिन केवल केवल ने अवसर ही नहीं दिया और सब कुछ दिखा डाला।

मैंने आधे घण्टे में पेग समाप्त किया तो केवल और तीन और पुरुष आ गए। केवल ने मेरा परिचय कराया, लेकिन ऐसा परिचय जो याद नहीं रहते। और न ही मैं रख सकता हूं। एक भेंट को कोई याद रख सकता है?

"आपने अभी तक केवल एक जाम समाप्त किया है!" केवल ने कहा।

"मैं बहुत धीरे-धीरे पीता हूं।"

"भाभी और रोमा ने तो खूब खा लिया है। मैंने एक वेटर की विशेष

तौर पर ड्यूटी लगा दी थी।"

"पार्टी समाप्त हो गई?"

"हां, केवल घर के लोग रह जाते हैं, जिनका खाना भी यहीं पका है।"

"खाना तो मैं घर जाकर खाऊंगा।"

"अब यह संकोच छोड़िए। यह भी आपका घर है। बहू पसन्द आई?"

"क्यों नहीं!"

"एम० ए० है। और प्राण बी० ए० है।"

"कुछ भी कहो केवल, तुमने हाथ बड़ी ऊंची जगह मारा है। बहू भी सुन्दर और सुशील है। साथ ही दहेज भी सुन्दर मिला है।" एक ने कहा। वह शायद साथी क्लर्क था और आवश्यक था कि द्वेष से जल रहा होगा।

"प्राण भी कम सुन्दर नहीं।" केवल ने कहा।

"बहू से नौकरी कराओगे?"

"यदि करना चाहेगी और मिल गई तो कर लेगी। आज के ज़माने में पति-पत्नी दोनों कमाएं तो निर्वाह हो सकता है।" केवल ने कहा।

सरोज जैसी सुन्दर और एम० ए० पास लड़की को नौकरी आसानी से मिल सकती थी।

प्रत्येक व्यक्ति के हाथ में जाम था। वे सब रोज़ के पीने वाले नहीं थे। हां, मुफ्त की मिले तो पीकर बहक सकते थे। लेकिन पीएंगे अवश्य। चाहे फर्श गंदा कर दें। मुझे शराबियों में बैठकर पीने की आदत न थी। लेकिन विवश था। यह मेरी पार्टी न थी। मेरा गिलास भी भर दिया गया था।

"मेरा बेटा बहुत लायक है। इस उम्र में छः सौ रुपये कमा रहा हैं।"

"केवल, तुम भाग्य के धनी हो। बहू ने दहेज से घर भर दिया हैं।"

"बल्कि रखने की जगह नहीं है।" दूसरे ने कहा।

"हां, यह ठीक है।" केवल खुशी से पागल हो रहा था और बाकी कसर शराब ने पूरी कर दी थी। वह एक के बाद एक सिगार फूंक रहा था।

इतने में प्राण भी आ गया। उसके मुंह में सिगार थी।

"पापा, मेरा गिलास कहां है?" प्राण ने कहा।

"उठा लो।" केवल ने कहा।

"बरखुरदार, कम पीना। आज तुम्हारी सुहागरात है।" एक ने मज़ाक किया।

"अंकल, चिन्ता न करो। ह्विस्की मेरे लिए नई चीज़ नहीं...।" प्राण ने कहा।

"मैं जानता हूं।" उस आदमी ने कहा।

प्राण ने आधा गिलास ह्विस्की से भरा और उतना ही सोडा डाला।

"फ्रिज नहीं मिला?" एक ओर से आवाज़ आई।

"वह हम खरीद लेंगे..." केवल ने उत्तर दिया।

"क्यों नहीं? सात तुम कमा रहे हो। छ: सौ बेटा ले रहा है। तेरह सौ रुपये मासिक। बहू भी चार-पांच सौ तो कमा ही लेगी।"

"अब तो केवल के दिन फिर गए।"

"लेकिन बेटी भी तो है। देना भी तो पड़ेगा।" दूसरे ने कहा। उसे चिंता सता रही थी कि इतना सामान आया क्यों था।

"उसकी तो ऐसी जगह शादी करूंगा जहां नौकर होंगे, कार होगी।"

"लेकिन दहेज भी चालीस-पचास हज़ार का देना पड़ेगा।"

"समय आएगा, देख लूंगा। भगवान ने केवल एक बेटा और एक बेटी दी है। कम संतान का यही फायदा है।" केवल ने कहा और तीसरा गिलास खाली कर दिया। एक बोतल खाली हो गई थी। लेकिन अभी तीन शेष थीं।

"विनोद साहब, आप तो ह्विस्की को सूंघ रहे हैं। ये चारों बोतलें खत्म करनी हैं।"

इतने में एक व्यक्ति आया। केवल ने परिचय कराया, "यह मेरा छोटा भाई है, ठेकेदारी करता है। और बहुत अमीर है। अपनी कार है।"

"कोठी भी है?" एक साथी क्लर्क ने कहा।

"कोठी नहीं। वह भी बन जाएगी।" केवल ने कहा, "अनिल, सागर को ह्विस्की दे।"

सागर को ह्विस्की मिल गई।

"बाहर का क्या हाल है?" केवल ने सागर से पूछा।

"केवल छः महिलाएं हैं। शामियाने वाले आ गए हैं और कुर्सियां समेट रहे हैं।"

"महिलाओं को ड्राइंग रूम में बिठा दो।" केवल ने कहा।

सचमुच अब वह कमरा न था, बल्कि ड्राइंग रूम था। मैंने सोचा।

"यह गिलास खत्म करके इन्हें कह देता हूं कि बहू को ड्राइंग रूम में ले जाएं।" सागर ने कहा।

"ओमप्रकाश, ह्विस्कीकैसी है?" केवल ने एक साथी से पूछा।

"यह भी पूछने की बात है!" ओमप्रकाश की जगह दूसरे ने उत्तर दिया।

दूसरी बोतल में पाव-भर शराब रह गई थी। ये लोग पीने वाले न थे, इसलिए सबको नशा हो गया था। और मेरा नशा इनकी बातों से टूट रहा था। क्या बनावटी बातें थीं लेकिन ह्विस्की की अभी दो बोतलें शेष थीं। इन्हें समाप्त करना था। हिम्मत हो या न हो। नीयत की बात छोड़ो। मुफ्त की ह्विस्की और फिर ऐसी कीमती ह्विस्की और कहां मिलनी थी।

सागर ने गिलास खाली किया। "अच्छा भाई साहब, मैं भाभी को कहता हूं कि वह महिलाओं को ड्राइंगरूम में ले जाएं।" कहकर चला गया।

केवल ही नहीं, सारे लोग व्हिस्की को पानी की भांति पी रहे थे, जैसे गाड़ी पकड़नी थी। शायद इस विचार से कि दूसरा अधिक न पी जाए। फिर मुर्गे की प्रतीक्षा कर रहे थे।

"केवल, कितने मुर्गे बनवाए हैं?"

"छः।"

"बहुत हैं। कुछ नमकीन खिलाओ। खाली ह्विस्की स्वास्थ्य को नुकसान पहुंचाती है।" एक बोला।

"प्राण, जाओ। पकौड़े और नमकीन दाल उठा लाओ और अनिल, तुम भी एक पेग पी डालो।" केवल ने कहा।

"नहीं अंकल।"

"नहीं क्या? अब तुम जवान हो। कॉलेज में पढ़ते हो। विनोद साहब, यह मेरे भाई सागर का बेटा है। बी० एस-सी० मेडिकला में पढ़ रहा है। एम० बी० बी० एस० करेगा।"

"खुशी की बात है।"

"पढ़ाई में बहुत होशियार है।"

"ओमप्रकाश, तुम अपने बेटे को क्या करा रहे हो?"

"हायर सेकेण्डरी कर ले। रेलवे मेल सर्विस में भर्ती हो जाएगा।"

"आयुपर्यन्त सार्टर रहेगा।"

"अब क्या करूं? सिफारिश का ज़माना है। वह हमारे पास है नहीं। आर० एम० एस० की नौकरी मिल जाए, यही गनीमत है। सरकारी पक्की नौकरी होगी तो दहेज अच्छा मिल जाएगा।" ओमप्रकाश ने कहा।

"लेकिन इतना नहीं जितना प्राण को मिला है।" केवल उसके बराबर का क्लर्क था।

"मेरी मानो, ओमप्रकाश, तो इसे नगर निगम में करा देना। वहां रिश्वत खूब चलती है।"

"रिश्वत तो कचहरी में भी खूब चलती है।"

"और इन्कम टैक्स और सेल्ज़ टैक्स में?"

"हां। वहां भी है। लेकिन वह नौकरी खरीदी जाती है। रिश्वत दो तो नौकरी मिलती है।"

"रिश्वत देने से जो नौकरी मिलती है वहां ही सबसे अधिक रिश्वत है।"

"लेकिन अब ज़माना बदल गया है। पहले लोग सरकारी नौकरी को अच्छा समझते थे। अब उन सबमें सिर्फ बैंक कर्मचारियों का ज़माना है।"

"बैंक की बात छोड़िए। मेरे एक मित्र के लड़के ने समाचार-पत्र में बैंक की नौकरी का विज्ञापन पढ़कर प्रार्थना-पत्र दे दिया। पन्द्रह लड़के लेने थे और जानते हो प्रार्थना-पत्र कितने थे?"

"कितने?"

"साठ हज़ार।"

"हां भाई। अब बैंक की नौकरी का ज़माना है—काम कम और वेतन अधिक। और सरकारी नौकरियों में पांच-सात रुपसे वार्षिक उन्नति होती है, लेकिन बैंक में तीस-चालीस रुपये वार्षिक उन्नति है।"

"वहां भी रिश्वत चलती होगी।"

"केवल पांच हज़ार।"

"बाप रे! पांच हज़ार कौन दे? पांच हज़ार में तो लड़की की शादी हो जाती है।"

"इसीलिए सरकार कहती है कि बच्चे कम पैदा करो।" केवल ने हंसकर कहा।

सब हंस दिए। लेकिन मैं हंस न सका। हंसने की बात ही कहां थी। यह तो शराब हंसा रही थी। और शराब मेरे लिए नई बात न थी। मैं उपन्यासकार होता तो ये बातें मेरे काम आतीं और किसी उपन्यास में लिख देता। मैं कलाकार था अतः इन बातों में दिलचस्पी नहीं ले रहा था।

"विनोद साहब, आप तो शराब पीते हुए डरते हैं।" केवल ने कहा।

"मेरे पीने का यही ढंग है। वैसे क्यों न अब खाना खा लिया जाए?"

"हद हो गई। अभी बजा ही क्या है! केवल दस तो बजे हैं। फिर एक बोतल बाकी है।" केवल ने कहा।

"उसे रख दीजिए। कल काम आ जाएगी।"

"अरे वाह साहब! बासी शराब भी कोई पीता है!" ओमप्रकाश ने झूमकर कहा।

अब मुझे इन शराबियों से नफरत होने लगी थी। जो शराबी नशे की हालात में हो और शराब मांगे, वह शराबी नहीं होता, बल्कि शराब का अपमान कर रहा होता है। और अब शराब नहीं पी जा रही थी, शराब का निरादर हो रहा था। मैं सोच रहा था कि छुटकारा कैसे प्राप्त होगा।

"मैं तो रात के दो बजे तक पी सकता हूं।" केवल ने कहा।

अब यह मेरे लिए नई बात नहीं थी। जैसे मैंने दो बजे तक कभी शराब न पी थी! मैं उठकर बाहर चला आया।

"बाथरूम जा रहे हैं?" केवल बोला।

'आइए, आपको बाथरूम दिखा दूं।"

कोई तो बहाना मिला। मैं बाथरूम ही चला गया। ड्राइंग रूम से गुज़रना पड़ता था। सरोज पर एक निगाह डाली। वह भूख से बेकल थी, उसकी आंखों में नींद थी और वह पति की प्रतीक्षा कर रही थी।

मुझे देखकर रीता ने कहा।

"चलें। बच्चे घर में अकेले हैं। अरुण तो सो गया होगा। नीलम प्रतीक्षा कर रही होगी।"

"भाभी, अभी तो खाना खाकर जाना है। इतने मुर्गे बने हैं, कौन खाएगा?" केवल ने कहा।

मुझे बोलने की ज़रूरत न पड़ी।

"लेकिन नीलम परेशान होगी।" रीता ने कहा।

"अभी बजा ही क्या है। भाभी, आपको भूख लगी है तो खाना खा लो। सावित्री, इन्हें खाना दे दो।"

रोमा और रूपा सरोज से बातें कर रही थीं। नई भाभी से कौन बातें नहीं करना चाहता! मैंने कंधे झटके और बाथरूम चला गया।

वापस आया तो अब हर व्यक्ति बाथरूम जाना चाहता था। इनके कदम लड़खड़ा रहे थे। चला नहीं जाता था। लेकिन शराब की प्यास बुझी न थी। इसलिए गिरते-गिरते और संभलते-संभलते वह एक-एक करके बाथरूम गए।

बातें हो रही थीं। हर कोई बात कर रहा था। लेकिन सुनने वाला कोई न था।

"आप कलाकार हैं?" ओमप्रकाश ने मुझसे कहा।

"जी हां।"

"क्या कमा लेते हैं?"

"बस, दाल-रोटी।" मैंने नम्रता से कहा।

"जी हां, कलाकारों का जीवन ही ऐसा है।" ओमप्रकाश ने सहानुभूति

जताई।

"किससे बात कर रहे हो?" केवल ने अन्तिम बात सुन ली थी। "विनोद साहब का अपना मकान है। तीन मंज़िला। रेडियोग्राम है। टेलीविज़न है। टेलीफोन है। कार के अतिरिक्त सब कुछ है। और तीन-साढ़े तीन हज़ार मासिक कमा रहे हैं।"

"तीन-साढ़े तीन हज़ार!" ओमप्रकाश को झटका लगा। "इतना कैसे कमा सकते हैं?"

"क्यों, क्या तुम्हारी अनुमति की आवश्यकता है?" केवल ने नशे में कहा।

"केवल साहब तो बात बढ़ाकर करते हैं। मैं तो मज़दूर आदमी हूं।" मैंने सरलता से कहा।

"अरे पैसे वाला कभी नहीं कहेगा कि उसके पास पैसा है। यह तो हम जैसे लोग हांक सकते हैं।" केवल ने कहा।

"भई, एक पेग और हो जाए।" एक ने कहा। उससे बोला नहीं जा रहा था। वह मस्ती में झूम रहा था। लेकिन निगाह बोतल पर थी।

"क्यों नहीं।" केवल बोला, "अनिल, सबको एक-एक पेग दो।"

"मैं और नहीं पीऊंगा।" मैंने कहा।

"क्यों नहीं। साथ देना तो महफिल का अदब है।" केबल ने मुझे मैनर्ज़ सिखाया। "आपका तो अभी कुछ बना ही नहीं। केवल तीन पेग तो पीए हैं।"

"नहीं केवल साहब, यह मेरा छठा पेग है।" मैंने धीरे से कहा।

"झूठ। मैं जानता हूं, आप घर जाकर पीएंगे।" केवल ने कहा, "मैं जानता हूं, आप पूरी बोतल पी सकते हैं।"

"कौन पूरी बोतल पी सकता है?" एक शराबी बोला।

"विनोद साहब।"

"झूठ है। एक बोतल पीना आसान नहीं।"

"तुम एक बोतल की बात कर रहे हो। विनोद साहब रोज़ एक बोतल

पीते हैं।" केवल ने कहा।

"आप रोज़ एक बोतल पीते हैं?" ओमप्रकाश ने कहा।

"जी नहीं। केवल साहब मज़ाक कर रहे हैं।" मैंने मुस्कराकर कहा।

"आप भी सोचते होंगे कहां क्लर्कों में फंस गया हूं। आपके प्रकाशक तो लखपती हैं। विनोद साहब एक डिज़ाइन का डेढ़ सौ रुपया लेते हैं। और दिन में दो डिज़ाइन बना देते हैं।" केवल ने कहा। "यह तो मेरा सौभाग्य है कि मेरे साथ पीते हैं। वरना यह ऑफीसर्स मेस से कम जगह पर जाते ही नहीं।" केवल ने कहा।

अब बोतल में केवल एक पाव थी। केवल ने अवसर का लाभ उठाया और आधा गिलास भर लिया। आधा गिलास प्राण ने भर लिया। शेष सागर ने अपने गिलास में डाल ली। बोतल खत्म हो गई।

"अनिल, हमारा खाना यहां ही ले आओ। मुर्गा और नान है।" केवल ने कहा।

"अच्छा अंकल।" कहकर अनिल चला गया। प्लेटें आईं। फिर डोंग और नान। और सारे शराबी टूट पड़े। इस विचार से कि कहीं इनका नम्बर आने से रह न जाए। मैं अपनी जगह बैठकर तमाशा देख रहा था। ऐसी पार्टी और ऐसे शराबी कभी-कभी मिलते हैं।

मुर्गे की गरेबी लोगों के गिरेबान पर गिर रही थी। हाथ की उंगलियां गरेबी में तर थी। जिस प्रकार शराब पानी समझकर पी थी, उसी चाल से खाना खा रहे थे।

अनिल ने एक नान और मुर्गे की टांग प्लेट में डाल कर मुझे दी।

"और बेटे, तुम?"

"अंकल, मैं खा लूंगा।"

"घबराइए नहीं। अभी बहुत खाना पड़ा है।"

"लेकिन महिलाओं को भी तो खाना है।"

"वे खा लेंगी।"

अब मैं निरुत्तर हो गया। और खाना शुरू कर दिया। मुर्गा मिर्चों से भरा

था। मैं अधिक मिर्च पसन्द न करता था। लेकिन केवल जैसे लोगों के यहां मीट पके और मिर्च न हो, तो बात कैसे बने।

शराब का दौर समाप्त हो चुका था, खाने का दौर भी समाप्त हो गया। केवल नशे में धीरे-धीरे खा रहा था।

अब उल्टियों का दौर शुरू हुआ। सबसे पहले ओमप्रकाश ने जो खाया था वह उलट दिया और लड़खड़ाता हुआ कुर्सी पर बैठ गया।

फिर बाकी रिंदो (शराबियों) ने ओमप्रकाश का साथ दिया और सबने फर्श भर दिया, अपने कपड़े खराब कर डाले। मुझे मतली आने लगी। मैं यह दृश्य नहीं देख सकता था। मैंने प्लेट रख दी और पान मुंह में डाला और ड्राइंग रूम में चला गया। वहां औरतें बेतहाशा खा रही थीं। जैसे कई दिनों से भूखी थीं।

"रोमा बेटी, मैं तैयार हूं। तुम खाना समाप्त कर लो तो मुझे बता देना।"

"अच्छा पापा।"

"मैं अब जाफरी में जाना न चाहता था। बदबू से नाक फट रही थी। मैंने झांककर देखा। दो शराबी कै में पड़े थे। और न मालूम क्या बोल रहे थे। मैं क्वार्टर से बाहर आ गया। खुली हवा ने तबीयत हलकी कर दी। दस मिनट बाद रीता और रोमा आ गई।

"चलिए।" रीता ने कहा।

"चलो।"

इतने में केवल आ गया। उसके हाथ में दस का नोट था।

"रोमा, यह तुम्हारे लिए है।"

"मेरे लिए?" रोमा ने कहा।

"हां, घोड़ी की बाग-पकड़ाई। रूपा को भी मिले थे। तुम रह गई थीं।"

"केवल साहब, जाने दीजिए।" मैंने कहा।

"जी नहीं, यह भी प्राण की बहन है।"

चलो रिश्ता गहरा हो गया था। अब शराबी से कौन बहस करे।

"केवल साहब, आप अपने मित्रों को संभालिए।"

"अजी मरने दीजिए। मुफ़्त की शराब इस तरह हज़म नहीं होती। पांच रुपये सगुन डाला और चार बोतलें शराब की खाली कर दीं।"

"तो अब आज्ञा है?" मैंने कहा।

"प्राण और सरोज को खाने पर बुलाना है।" रीता ने कहा।

"वह कल बात करेंगे।" मैंने कहा, "अच्छा केवल साहब, अब आज्ञा दीजिए।"

"कोई गलती हो तो क्षमा कर दीजिए।"

"जी, आप अन्यथा न सोचें। मैं तो बहुत खुश हुआ हूं। ऐसे शराबी कभी-कभी मिलते हैं।" मैंने हंसकर कहा।

"खैर, जल्दी मिलेंगे।"

"अवश्य।"

हम तीनों चल दिए।

"आपने अधिक तो नहीं पी?" रीता ने कहा।

"तुम मेरे को पचीस वर्ष से जानती हो। भीतर का नक्शा देखने के योग्य है। कै करके लोग उसपर सो रहे हैं।"

"और आप समझते थे कि यह मेजर पुरी की पार्टी है या किसी लखपती प्रकाशक की कोठी में पार्टी है!"

"तो आए क्यों थे?"

"यह ज़रूरी है। नीलम की शादी करनी है। मैं देखना चाहती थी कि आजकल दहेज कैसा चल रहा है? ब्राह्मणों में अच्छे लड़कों की बहुत कमी है। अब प्राण केवल छ: सौ रुपये मासिक ले रहा, है। लेकिन सरोज दहेज कितना लाई है। कुन्दन सेट लड़के वाले डालते हैं। लेकिन यहां लड़की वालों ने दिया है।"

"केवल ने हाथ ऊंची जगह मारा है।"

"सरोज बहुत सुन्दर है। जापानी गुड़िया नज़र आती है। अरुण के लिए भी ऐसी ही बहू लाएंगे।"

"अरुण का जब नम्बर आएगा तो देखा जाएगा। अभी तो नीलम की

चिंता करो। मैं नहीं समझा कि यहां आकर मैंने क्या प्राप्त किया है।"

"मैंने तो किया है।"

"तुम्हारी बात और है। तुम दहेज और बहू देखना चाहती थीं। वैसे खाना खाया?"

"बस, खा ही लिया। संकोच करते तो खाली पेट सोना पड़ता या रात के इस पहर घर जाकर खाना बनाना पड़ता।" रीता ने कहा।

"और रोमा, तुमने?"

"मुझे तो रूपा ने अलग कमरे में खिला दिया था।"

"मैं नहीं समझ सका कि केवल हमारे किस काम आ सकता है। केवल बातें कर सकता है और लोगों को बताता है कि इसके लखपती मित्र हैं। हालांकि मैं उसका मित्र नहीं। बल्कि परिचित भी नहीं।"

"यह बात न कहिए। खोटा सिक्का भी कभी काम आ जाता है।" रीता ने कहा।

"अवश्य आता होगा। लेकिन खोटा सिक्का ले ही क्यों? इस दुनिया में आंखें खोलकर चलो तो खोटा सिक्का हाथ नहीं आ सकता। फिर कुछ लोगों की आदत होती है कि दूसरों का चेहरा सुर्ख देखकर अपना चेहरा चोटों से सुर्ख कर लेते हैं। लेकिन वह सुर्खी स्थिर नहीं रहती। केवल भी उन लोगों में से है जो चोटों से चेहरा सुर्ख कर लेते हैं।"

"करने दीजिए। इक्कीस दिए और दस लौट आए। ग्यारह रुपये में शाम बुरी न थी।"

"भगवान करे कि यह बात यहां ही समाप्त हो जाए।"

"आप लोगों से डरते क्यों हैं?"

"खैर, यह तो समय बताएगा। लेकिन अब सावित्री और केवल दूर नहीं। केवल शराब पीने आया करेगा। और सावित्री पैसे मांगने।"

"प्राण और सरोज को खाने पर बुलाना है।"

"वह मामूली बात है। तुम सम्बन्ध बढ़ाना चाहती हो तो मुझे आपत्ति नहीं, वरना मैं ऐसे लोगों से दूर ही रहना चाहता हूं।"

“पापा, आप इतना डरते क्यों हैं?” रोमा ने कहा।

“रोमा बेटा, मैंने जीवन में संघर्ष किया है, भूख देखी है, गरीबी देखी है, लेकिन तुम बच्चों को वह दिन याद नहीं। इसलिए मैं हर कदम फूंककर उठाता हूं।” मैंने कहा, “फिर मैं कलाकार हूं। लोग पैसे मांगकर ले जाते हैं। मैं तकाज़ा नहीं करता और वो लौटाते नहीं।”

“खैर, मैं इन्हें खाने पर बुला रहा हूं।” रीता ने कहा।

“तो बुलाओ। रोकता कौन है?” घर आ गया था। नीलम प्रतीक्षा कर रही थी और मां-बेटी की बातें शुरू हो गईं।

मैंने एक जाम पिया और सो गया।

एक शाम मैं घर लौटा तो देखा, घर में चहल-पहल है।

ड्राइंग रूम में प्राण और सरोज बैठे थे। रूपा और रोमा भी थीं। नीलम रसोईघर में थी और रीता घूम रही थी। मेज़ पर चाय का सामान पड़ा था। प्राण बीयर पी रहा था।

मैं बीयर नहीं पीता। लेकिन पांच-छ: बोतलें फ्रिज में पड़ी रहती हैं। कभी कोई बीयर पीने वाला मेहमान भी आ जाता है। उसके लिए।

प्राण असभ्य तो था ही, जो पिता के साथ बैठकर ह्विस्की पी सकता था और सिगरेट फूंक सकता था। सभ्यता नाम की कोई वस्तु उसके जीवन में न थी।

मैं प्रविष्ट हुआ तो प्राण ने कहा :

“नमस्ते अंकल।”

“नमस्ते।” मैंने कहा। अब मैं ज़बरदस्ती अंकल बन गया था।

सरोज मैनर्ज़ जानती थी। उसने साड़ी का पल्लू सिर पर ले लिया।

मैं ड्राइंग रूम से बेडरूम में चला गया। रीता भी आ गई। मैं कपड़े बदल रहा था।

“मेरी लुंगी कहां है?” मैंने कहा।

"वार्डरोब में।"

"मेरा वार्डरोब ड्राइंग रूम में था और रीता का वार्डरोब और लोहे की अलमारी बेडरूम में थी।

"ले आओ।"

"अभी लाई।"

रीता लुंगी ले आई। मैंने लुंगी और कुर्ता पहन लिया।

"ज़रा मुंह-हाथ धो लूं।" मैंने कहा।

"अवश्य।"

"पतलून की जेब में छः सौ रुपये हैं।"

"मैं निकाल लेती हूं।"

"मैं बाथरूम गया। मुंह-हाथ धोया। चेहरे पर क्रीम लगाई और बाल संवारे। फ्रिज खोलकर देखा। बीयर की दो बोतलें कम थीं। यानी प्राण दो बीयर की बोतलें पी चुका था। मैंने नीलम से

"बड़ी अच्छी महक आ रही है। क्या पक रहा है?"

"पापा, मीट है। मटर और गोभी का पुलाव है।"

"गोभी आ गई?"

"कई दिन हुए।"

"क्या दिन आ गए हैं? मई-जून में मूली खाने को मिलती है और दिसम्बर में भिंडी?"

"ऐसा ही है।" नीलम मुस्करा दी।

"मेहमानों की खातिर हो रही है?"

"कोई खास चीज़ नहीं पकाई। वही है जो रोज़ पकता है। नीलम ने कहा।

"जारी रखो।" कहकर मैं ड्राइंग रूम से गुज़रकर बेडरूम में चला गया। रीता कपड़े समेट रही थी।

"यह बीयर कहां से आ गई?" मैंने धीरे से कहा।

"आ क्या गई, प्राण तो इस घर को यूं समझता है जैसे वर्षों से उसका

सम्पर्क हो। स्वयं ही फ्रिज खोला और बीयर निकालकर पीना शुरू कर दी।"

"अच्छा। मेरी ह्विस्की, गिलास और पानी की बोतल थैले में डालकर ऊपर भेज दो।"

"यहां ही बैठ जाइए।"

"मैं बच्चों में बैठकर क्या करूंगा?"

"ऊपर आप अकेले होंगे।"

"ह्विस्की हो तो इन्सान अकेला नहीं होता।"

"खैर, मैं लाती हूं, आप चलिए।"

"ओ० के० डियर।" कहकर मैं ऊपर चला गया, जो बच्चों का कमरा था।

थोड़ी देर बाद रीता आ गई। उसने थैला रख दिया।

"क्या प्राण ने घर की तलाशी नहीं ली? यहां तो हर समय दो-तीन बोतलें ह्विस्की की पड़ी होती हैं।"

"उसे बीयर मिल गई।"

"किसीकी अनुमति ली?"

"अनुमति ही अनुमति है।"

"न मालूम तुम क्यों इन लोगों से मेल-जोल बढ़ाती जा रही हो?"

"रोमा की खुशी की खातिर।"

"नहीं, तुम्हें तो हर सुन्दर लड़की से मित्रता करनी होती है।"

"अब आप दो बोतल बीयर के लिए परेशान हैं। दोस्त इतनी पी जाते हैं।"

"वे काम आते हैं।"

"यह भी एक दिन काम आएंगे।"

"अवश्य! अच्छा अब पेग बना दो। अरुण से कहो, मेरे लिए पान ले आए।"

"चार या आठ?"

"आठ।"

"फ्रिज में रखने हैं?"

"तुम सब कुछ जानती हो; फिर आज ही प्रश्न क्यों?"

"सरोज बड़ी अच्छी लड़की है। पिता का अपना कारोबार है। और अच्छे पैसे वाले हैं। मैं सोच रही हूं कि छ: सौ कमाने वाले को इतना दहेज देना पड़ता है तो हम क्या करेंगे?"

"जब समय आएगा देख लेंगे। खड़ी क्यों हो, बैठ जाआ।"

"बम्बई फोन कर दीजिए।"

"क्यों?"

"वह मिक्सी आ गई है या नहीं?"

"जब से डाइरेक्ट लाइन शुरू हुई है, बम्बई और दिल्ली में अन्तर ही नहीं रहा। इतना कुछ तो विदेशों से आ चुका है। अब बस भी करो।"

"नीलम कहती है कि वह मिक्सी लेकर जाएगी।"

"अभी लड़का तो मिला नहीं, फिर चिंता क्यों?"

"भाग्य और संयोग की किसीको खबर नहीं। लड़कियों के जब संयोग जागते हैं तो पता नहीं चलता। वैसे अच्छा वर तलाश करने में पहले जूतियां धिस जाती थीं; अब स्कूटर और टैक्सी का बिल बनता है।"

"पैसा जेब में हो तो पांच दिन में तैयारी हो जाती है। तुमने नीलम के लिए कितनी साड़ियां खरीदी हैं?"

"सोलह।"

"इनमें से दस बाहर से आई हैं। टी सेट भी आ चुका है।"

"नीलम रेडियो या ट्रांज़िस्टर नहीं ले रही है।"

"फिर क्या ले रही है?"

"रेकॉर्ड प्लेयर।"

"बहुत महंगा शौक है। रेकॉर्ड प्लेयर तो मैं खरीद लूंगा। क्या बह रेकॉर्ड खरीद सकेगी?"

"अब क्या उसे किसी क्लर्क से ब्याहना है!"

"यदि संयोग में क्लर्क लिखा हो तो।"

“जी नहीं।”

“रीता, संभलकर चलो।”

“आप शादी पर कितना खर्च रहे हैं?”

“मैं कौन होता हूं खर्च करने वाला? जो उसके भाग्य में होगा वह हो जाएगा।”

“फिर भी, अनुमान तो होगा।”

“यही पचीस-तीस हज़ार।”

“तो लड़का आठ सौ कमाने वाला मिलेगा।”

“क्या लड़के खरीदे जाते हैं?”

“क्यों नहीं? कहने को तो लोग कहते हैं, हमें कुछ नहीं चाहिए; लेकिन लड़का अफसर हो तो आशा रखते हैं कि बहुत कुछ मिलेगा।”

“अब स्कूटर, टेलीविज़न और फ्रिज तो मैं दे नहीं रहा हूं।”

“यदि अच्छा लड़का मिला और हज़ार-बारह सौ रुपये मासिक कमाता हो तो तीस हज़ार में शादी न होगी।”

“अभी उसने बी० ए० नहीं किया, अभी फाइनल ईयर में है फिर वह मैजिस्ट्रट बनना चाहती है, जिसके लिए कानून पढ़ना आवश्यक है!”

“जी नहीं। नीलम बी० ए० के बाद एम० बी० ए० कर रही है।” रीता ने कहा।

“क्या लडकियां भी बिज़नेस ऑर्गेनाइजेशन करती हैं?”

“आप तस्वीरें बनाते रहिए। दुनिया बहुत प्रगति कर गई है। कभी संतान से पूछा भी है कि वह क्या बनना चाहती है।”

“यह काम स्त्रियों का है। पुरुष का काम रुपया कमाना है। वह मैं कमा रहा हूं। नीलम के नाम बीस हज़ार रुपया फिक्स्डडिपॉज़िट में पड़ा है। शेष समय आने पर दे दूंगा।” मैंने कहा।

“और रोमा के नाम कितना है?”

“अब तुम इन्कम टक्स अफसर की भांति प्रश्न न करो। उसके नाम भी बीस हज़ार है।”

"फिर ठीक है।"

"शुक्र है। अब और बैंकों में क्या पड़ा है, यह जानने का कोशिश मत करना।"

"आपने ध्यान दिया?"

"क्या?"

"नीचे किरायेदारों ने वाश बेसिन तोड़ दी है।" रीता ने कहा।

"मैंने देखा नहीं। यदि तोड़ दी है तो इन्हें सुबह कह दो कि स्वयं ही खरीद लें। यदि अधिक बात करें तो कह देना कि मकान खाली कर दें। तीन सौ रुपये किराया दे रहे हैं। आजकल साढ़े चार सौ मिल सकते हैं।"

"मैं कह दूंगी।" कहकर रीता खड़ी हो गई।

"जा रही हो?"

"नीचे नीलम अकेली काम कर रही है। उसका हाथ बटाऊंगी।" रीता ने कहा।

"रोमा को कह दिया होता।"

"रूपा उसे छोड़ ही नहीं रही।"

"खैर, मेरी बीयर का ध्यान रखना। यह प्राण बदतमीज़ है। तमाम बीयर पी डालेगा।"

"अब मैं रोक तो सकती नहीं।"

"वह दो पी चुका है?"

"जी हां।"

"तो ऐसा करो। एक फ्रिज में छोड़ दो और शेष मुझे दे जाओ। मैं ऐसे मुफ्तखोरों को दूर से पहचान लेता हूं।"

"बहू कैसी है?"

"वह अच्छे खानदान की लड़की दिखाई पड़ती है और मैनर्ज़ जानती है। उसने मुझे देखा तो सिर पर साड़ी का पल्लू ले लिया। लेकिन प्राण ने अपनी जगह से खड़े होने की भी कोशिश नहीं की।" मैंने कहा, "और यह मिक्सी का क्या चक्कर है?"

"आप मुझे काम नहीं करने देंगे?"

"मेरी बात का यह जवाब नहीं।"

"नीलम ने कहा है कि वह पॉली मैक्स की मिक्सी चाहती है। जो फ्रांस से आ सकती है।"

"हांगकांग से क्यों नहीं? आखिर सात गर्म सूट मर्दाना कहां से आए हैं? जापानी क्रॉकरी, साड़ियां। कॉस्मेटिक्स, इण्टीमेट सेंट।"

"खैर! आप बम्बई फोन करें या बम्बई से फोन आए तो धर्म भैया को कह दीजिएगा कि मिक्सी मंगा दें। यदि वह यूरोप जा रहे हैं तो साथ लेते आएं।"

"और सोने का क्या हुआ? उस दिन बात की थी, एक सौ तीस का दस ग्राम था। अब एक सौ सत्तर का भाव है। यह छः-सात सौ तक जाएगा।"

"आप कल चेक दे दें। मैं मोहनलाल सर्राफ को कह दूंगी। वह खरीदकर घर छोड़ जाएगा।"

"कितना खरीदना है?"

"दो-दो सौ ग्राम तो देना है। चार सौ ग्राम लड़कियों के लिए और दो सौ ग्राम अरुण के लिए।"

"और तुम?"

"मुझे कुछ नहीं चाहिए।"

"वह तो मैं जानता हूं, तुम दुकान पर जाकर कहा करती हो कि यह खरीद दो।"

"मैं सोच रही थी, आपने ब्याह की बीसवीं वर्षगांठ पर बाईस ग्राम का मेडल बनवाया था, उसका मंगलसूत्र बनवा लूं।"

"स्त्री कपड़ और सोने के मामले में कभी बूढ़ी नहीं होती।" मैंने हंसकर कहा।

"अब जाऊं?"

"जाओ। लेकिन आज रात करामात की रात है।"

"कौन-सी रात नहीं होती?"

"तुम बहुत समझदार हो और कलाकार की पत्नी बनने के योग्य हो।"

"अब इस मस्के की ज़रूरत नहीं। बाईस वर्ष से यह मस्का झेल रही हूं।"

"तुम्हारे पास भला कितनी साड़ियां होंगी।"

"यही सत्तर-अस्सी!"

"झूठ! सौ से अधिक हैं। और तुमने जो बाहर से आई थीं, उनमें से भी चार हथिया लीं।"

"आपने मोहार का सूट सिलवा लिया?"

"वह मैंने विशेष रूप से अपने लिए अमेरिका से मंगाया था। अड़तीस डालर का आया था।"

"फिर मेरी साड़ियां क्यों गिनते हैं?"

"अच्छा, नहीं गिनता। वैसे नीलम की शादी पर कितनी साड़ियां अपने लिए खरीद रही हो?"

"केवल एक गुलाबी रंग की। आप गुलाबी रंग की पगड़ी पहनेंगे और मैं साड़ी।"

"अभी से सोच रखा है? वह कहावत सुनी नहीं कि लड़की की शादी पर घर के हर सदस्य के लिए कपड़ा खरीदा जाता है, केवल पिता के लिए नहीं। वह गरीब पुराने लिबास में ही कन्यादान करता है।"

"अब आप पी रहे हैं। इसलिए बातें करने के मूड में हैं नीलम मुझे कोस रही होगी।"

"जाओ मेरी जान! रोकता कौन है?"

रीता चली गई। जैसे मैंने कहा था, उसने वैसे ही किया। वह बीयर की बोतलें मेरे पास ले आई।

"यह तो और कम हो गई।"

"तीसरी वह पी रहा है और चौथी छोड़ आई हूं।" रीता ने कहा।

"हराम का माल जो है।"

"हराम का तो नहीं; मुफ्त का है।"

"एक ही बात है।"

"मुझे भी यह लड़का बिलकुल पसन्द नहीं।"

"आज के बाद फिर कब आएगा?"

"जिस दिन शराब की ज़रूरत पड़ेगी। इसके लिए अब इस घर के दरवाज़े खुल गए हैं।

"खैर।" कहकर रीता चली गई।

मैं दस बजे तक पीता रहा। अरुण आ गया और मैं उसके साथ बातें करने लगा। दस बजे मैंने अरुण से कहा :

"बेटा, नीचे क्या हाल है? उन्होंने खाना खा लिया?"

"मेज़ तो सजी हुई थी। मैं सलाद के लिए खीरे लाया हूं।" अरुण ने कहा।

"ऐसे खातिर हो रही है जैसे हज़ार-दो हज़ार का ऑर्डर मिलने वाला है। जाओ, देखो हमारा नम्बर कब आएगा।"

"आपका खाना यहां ले आऊं?"

"अपनी मामा से पूछ लो।"

दस मिनट बाद अरुण मेरा खाना ले आया। "वे अब खाना शुरू कर रहे हैं।"

"इसका मतलब है ग्यारह बज जाएंगे। चार बोतल बीयर का नशा कम नहीं होता।"

"पापा। आप भी बीयर पिया करें।"

"क्यों?"

"मेरा एक सहपाठी है। सामने ब्लॉक में रहता है। उसका पिता शराब बहुत पीता था और कुछ दिन हुए, मर गया।"

"बेटा, मैं वह शराब नहीं पीता। वह देसी पीता होगा जो अलकोहल की नहीं होती, स्पिरिट की होती है। वह हानिकारक है।"

"और यह?"

"यह नहीं।"

"मैं जाकर खाना खा लूं। मुझे नींद आ रही है।"

"जाओ। सुबह स्कूल भी जाना है।"

अरुण चला गया। मैं फिर अकेला रह गया। खाना पड़ा था और मैं ह्विस्की पी रहा था।

ग्यारह बजे रीता ऊपर आई।

"यह क्या, खाना वैसे ही पड़ा है?"

"ह्विस्की कम हो गई।"

"अब ह्विस्की बन्द कीजिए। वरना आप खाना न खाएंगे। लाइए मैं सब्ज़ी गर्म करके लाती हूं। रोटियां भी ताज़ा बनाकर लाती हूं।"

"तुमने खा लिया?"

"जी हां। मैंने समझा, आपने खा लिया होगा। लेकिन आपको ह्विस्की मिल जाए तो खाना भूल जाते हैं।"

"वे लोग चले गए?"

"जी हां।"

"बीयर हज़म हो गई?"

"बिलकुल।"

"इस उम्र में इतनी पी लेता है। पचास की उम्र के बाद क्या करेगा?"

"आप क्यों चिंता करते हैं?"

"क्या दिया?"

"सरोज को ग्यारह रुपये दे दिए।"

"और प्राण चौबीस रुपये की बीयर पी गया। वह किस गिनती में है?"

"अब यह बात अपनी लाड़ली बेटियों से पूछिए।"

"चलो। मैं भी नीचे चलता हूं।"

"आ जाइए, वरना सुबह सिर भारी होगा और आप फिर सब ही पी जाएंगे।"

"कल तो बहुत काम करना है।"

बात खत्म हो गई लेकिन यह बात खत्म न हो सकती थी। बल्कि शुरू

हो गई थी। एक शाम केवल आन धमका।

"विनोद साहब, क्या हाल है?"

"ठीक है।" मैं ह्विस्की पी रहा था। सोचने लगा, दावत दूं या न दूं। लेकिन इसकी नौबत ही नहीं आई। केवल ने रोमा को पुकारा। रोमा आई तो केवल ने कहा, "रोमा बेटा, एक गिलास लाओ। जल्दी।"

"अभी लाई अंकल।"

"विनोद साहब, आज ड्राई डे है। कहीं से नहीं मिली। सोचा, आपके पास तो होगी।"

"जब आप रोज़ पीते हैं तो थोड़ी स्टॉक में रखा करें।"

"क्या करूं, बचती ही नहीं। जितनी होती है सब खत्म हो जाती है।"

गिलास आ गया था। केवल ने आधा गिलास भरा।

"सोडा?"

"जी नहीं। केवल बर्फ डालूंगा। रोमा बेटी, फ्रिज से बर्फ तो निकालो।" केवल यों ऑर्डर दे रहा था जैसे लंगोटिया यार हो।

ह्विस्की तो देनी ही पड़ी, लेकिन उसके साथ जो बातें सुननी पड़ी उसने मुझे बोर कर डाला। लेकिन विवश था। क्या करता?

और वह शाम बेकार गई। बोतल खत्म हो गई तो केवल ने कहा, "और नहीं?"

"जी नहीं।" मैं झूठ बोला। वह तो पूरी बोतल से भी अधिक पी सकता था। बेटा यदि चार बोतल बीयर पी सकता है—वह भी इसीलिए कि बाकी मैंने मंगा ली थीं, वरना छः भी पी सकता था–तो पिता कहां कम था।

बड़ी मुश्किल से उससे जान छुड़ाई।

फिर समय गुज़रने लगा। रोमा ने हायर सेकेण्डरी पास कर लिया और इन्द्रप्रस्थ कॉलेज में चली गई। नीलम ने बी० ए० कर लिया था और अब फ्रेंच भाषा पढ़ रही थी। क्योंकि एम० ए० में दाखिला न मिल

सका। नम्बर कम थे।

अक्तूबर का महीना था। मैं शाम को घर आया तो रीता ने स्वागत किया।

"आज बड़े थके हुए दिखाई देते हैं?"

"काम बहुत था।"

"अब इतना तो कमा लिया; अब इतना काम क्यों करते हैं?"

"जानेमन, पन्द्रह वर्ष गरीबी भी देखी है। क्या वह दिन भूल गई हो?"

"जी नहीं।"

"तो थकावट की दवा लाओ।"

"कपड़ तो बदल लीजिए।"

"वह होश में आने के बाद बदलूंगा। तुम अपने हाथ से एक पटियाला पेग लाओ।"

"अभी लाई।"

"मैं रेडियोग्राम की ओर बढ़ा। कुछ रेकॉर्ड चुने और छः रेकॉर्ड लगा दिए।

रीता आई। हाथ में गिलास था। "क्या बात है? आज एक अरसे के बाद रेडियोग्राम याद आ गया?"

"कुछ मूड ही ऐसा था। पहले तो सोचा था कि शाम मेजर पुरी के साथ बिताऊं। फिर सोचा, पीने के बाद शोभाबाई के कोठे पर पहुंच जाऊंगा।"

"अब कोठों पर जाना बन्द कर दीजिए। लड़कियां जवान हो गई हैं।"

मैंने गिलास मुंह को लगाया और खाली कर दिया।

"ऐसा ही एक पेग और।"

"आपका मूड भी अजीब है।"

"तुम भाषण देना कब बन्द कर रही हो?"

"सारी रात पड़ी है। धीरे-धीरे पीजिए।"

"अब धीरे-धीरे ही पीऊंगा।"

रीता दूसरा गिलास ले आई। रेडियोग्राम से संगीत सुनाई दे रहा था।

"अब नीलम की चिंता करो।"

"कहीं बात चली है?"

"आप अपने सम्बन्धियों को नहीं जानते? वे...और हमारी बेटी की शादी में मदद करेंगे!"

"उन्हें बुला कौन रहा है?"

"आज एक नई बात हुई।"

"कहो।"

"सावित्री आई थी।"

"सावित्री? कौन सावित्री?"

"वही रूपा की मां और केवल की पत्नी।"

"एक मुद्दत के बाद उनकी खबर मिली है। मैंने सोचा था कि शहर के किसी दूसरे इलाके में क्वार्टर मिल गया है।"

"जी नहीं। वही पुराना क्वार्टर है।"

"क्या करने आई थी?"

"चालीस रुपये मांगने आई थी।"

"चालीस रुपये? तो नौबत यहां तक पहुंच गई!"

"कहती थी, रूपा का हायर सेकेण्डरी का दाखिला भेजना है।"

"यह हालत है?"

"शराबियों की यही हालत होती है।"

"और तुमने दे दिए?"

"बुरे काम के लिए नहीं दिए।"

"तुम्हारा चालीस रुपये बैंक बैलेंस कम।"

"नहीं...वह दे जाएगी।"

"जब देगी...देखूंगा। मैं न कहता था कि इन लोगों को दूर से ही सलाम करो।"

"अब बात ऐसी थी कि इनकार न कर सकती थी।"

"और यदि केवल ने शराब के लिए मंगाए हों तो?"

"जी नहीं। दिन में वह दफ्तर में होता है।"

"बातें तो लाखों से कम की नहीं करते और हालत यह है कि एक बेटी है, और उसे शिक्षा नहीं दिला सकते।"

"और कह रही थी कि सरोज के लिए नौकरी की कोशिश करें।"

"मैं क्या कर सकता हूं?"

"किसी प्रकाशक के यहां कोशिश कीजिए।"

"टेलीफोन ऑपरेटर क्यों नहीं भरती करा देता।"

"पचीस वर्ष से अधिक की हो गई है। प्राण भी आजकल बेकार है।"

"क्यों?"

"प्राइवेट फर्मों में यही होता है।"

"क्या होता है?"

"छोटी-सी बात पर नौकरी से निकाल देते हैं।"

"अवश्य कुछ हेरा-फेरी की होगी। मुझ वह लड़का बिलकुल पसन्द नहीं। शराब पानी की तरह पीता है। छ: सौ रुपये में शराब पानी की भांति नहीं पी जाती।"

"वह तो ठीक है। लेकिन मैंने चालीस रुपये शराब के लिए नहीं दिए हैं।"

"खैर, हो सकता है। लेकिन मैं यह समझ नहीं सका कि हमारा केवल परिचय है, और वह मांगने चली आई। इसका मतलब है, उन्होंने तमाम पड़ोसियों से उधार ले रखा है। और उन्हें लौटाया नहीं; वरना हमारे यहां न आती।"

"हो सकता है। आप ठीक कहते हैं।"

"अच्छा, शाम का प्रबन्ध करो।"

"क्या बात है आजकल आप दफ्तर से सीध घर आ जाते हैं।" रीता ने मुस्कराकर कहा।

"तुमने ही तो मना किया था कि कोठों पर गाना सुनने न जाया करूं। यदि बाहर पीऊंगा तो वह प्रोग्राम अवश्य बन जाएगा।"

"अब नीलम की चिंता करनी चाहिए। नौकरी के आप सख्त विरोधी

हैं। फिर यह फ्रेंच या जर्मन पढ़ने का लाभ क्या है?"

"शिक्षा सदा काम आती है।"

"लोग सोचेंगे, शादी कि तैयारी नहीं की इसीलिए पढ़ा रहे हैं।"

"बात तो ठीक है।"

"इतवार को अखबार में रिश्तों के सम्बन्ध में विज्ञापन छपते हैं, वह ही पढ़ा कीजिए।"

"मुझे वे रिश्ते पसन्द नहीं।"

"सब बुरे नहीं होते।"

"खैर, इतनी गंभीर हो और यदि इतनी चिंता है तो पहले गिलास ले आओ।"

"फिर आप गंभीर न रहेंगे।"

"तुम्हारा विचार है, बहक जाऊंगा?"

"मैंने यह नहीं कहा।"

"संयोग जब जागते हैं तो पता नहीं चलता।"

"वह तो ठीक है, लेकिन आप ज़रा गंभीर हो जाएं।"

"तुम गिलास लाओ। मैं गंभीर हो जाता हूं।"

"रेडियोग्राम को न छूना।"

"ओ० के०"

रीता गिलास बना लाई। और मैंने कण्ठ में उंडेल ली। पहला पेग मैं इसी तरह पीता हूं। मैंने खाली गिलास बढ़ा दिया।

"आज मूड फिर खराब दिखाई पड़ता है?"

"ऐसा करो, तुम बोतल यहां ले आओ।"

"मैंने बोतल अभी खोली है।"

"चिंता न करो, मैं उसे खाली न करूंगा।"

"अच्छा। मैं ले आती हूं। लेकिन वह खाली हो जाएगी।"

"तुम कैसे कह सकती हो?"

"यह मेरे दिल की आवाज़ है।"

"अच्छा, बोतल और पानी लाओ।" मैंने गिलास मेज़ पर रख दिया और जूते उतारने लगा।

रीता ह्विस्की और पानी की बोतल ले आई।

मैं सोफे पर बैठा था। वह सामने वाले सोफे पर बैठी थी।

"हां, तो मैं कह रही थी कि अखबार के द्वारा रिश्ता तलाश करो।"

"कोशिश करूंगा।"

"रिश्तेदार तो रिश्ता लाने से रहे। यह उत्तरदायित्व तो आपको ही निभाना पड़ेगा।"

"नीलम बोझ नहीं। आजकल तो अट्ठाईस-तीस वर्ष की उम्र की लड़कियां शादी करती हैं। वह केवल बीस बर्ष की है। यह एकाएक नीलम की शादी की चिन्ता क्यों सताने लगी? तुम्हारी अपनी शादी किस उम्र में हुई थी?"

"बाईस वर्ष की उम्र में। नीलम और रोमा में डेढ़ वर्ष का अन्तर है। दोनों जवान हो गई हैं और आप कहते हैं, मैं चिन्ता न करूं। रोमा अब बी० ए० के सेकेण्ड ईयर में चली जाएगी।"

"रोमा, क्या हाल है?" बाहर से आवाज़ आई।

"यह तो केवल की आवाज़ है। लाइए बोतल छुपा दूं।"

"अब रहने दो।"

दूसरे क्षण केवल भीतर था।

"विनोद साहब क्या हाल है? भाभी, ज़रा ऐश ट्रे देना।"

रीता ने ऐश ट्रे दी।

"ह्विस्की चल रही है? मेरा भी प्यास से बुरा हाल है। भाभी, एक गिलास तो लाओ।"

'आ गए मुफ्तखोरे।' मैंने मन ही मन कहा। रीता ने मुझे देखा। मैं क्या कह सकता था। उसने तो पहले ही कह दिया था कि आज यह बोतल खाली होगी। और केवल यह काम करने आ गया था। रीता को गिलास लाना पड़ा। गिलास आया। केवल ने स्वयं ही ह्विस्की डाली।

"पानी या सोड़ा?" मैंने पूछा।

"केवल बर्फ।"

"रीता, बर्फ ले आओ।"

रीता चली गई। केवल ने बर्फ की प्रतीक्षा न की और गिलास मुंह में लगा लिया।

"आप बड़ी मंहगी शराब पीते हैं।"

"ऐसा ही है। और कोई पसन्द नहीं।"

"खैर। आपको क्या अन्तर पड़ता है। तीन-साढ़े तीन हज़ार मासिक कमा रहे हैं। जब से प्राण बेकार हुआ है, मैंने तो देसी शुरू कर दी है।"

"चलिए। आज ह्विस्की पी लीजिए।"

"सात-आठ मास बाद ह्विस्की पी रहा हूं।" केवल में एक गुण था कि वह कभी झूट न बोलता था।

"नोकरी क्यों चली गई?"

"छोटी फर्म थी। मालिक का कोई रिश्तेदार आ गया और प्राण की छुट्टी कर दी। लेकिन ऐसी चिंता की बात नहीं। प्राण बहुत होशियार है। कुछ दिनों में नौकरी ढूंढ़ लेगा।"

"बड़ी अच्छी बात है।"

रीता बर्फ ले आई थी। केवल ने गिलास बर्फ से भर लिया।

"मैं धन्यवाद करने आया था और यह भी कहने आया था कि मैं लज्जित हूं।"

'और इस लज्जा को ह्विस्की से धो रहे हो।' मैंने मन में कहा। 'ऐसी लज्जा तो रोज़ आनी चाहिए। पत्नी पैसे ले गई। पति ह्विस्की पीने आ गया।'

"धन्यवाद किस बात का?"

"सावित्री पैसे लेने आई थी। रूपा का दाखिला भी आवश्यक था। परसों अन्तिम तिथि है। फिर जुर्माना देना पड़ता। मैंने सावित्री को बहुत डांटा। उसे कहा कि क़ोई घर तो छोड़ देना था।"

"कोई बात नहीं। आदमी ही आदमी के काम आता है।" मैंने कहा

और सोचा कि लोग कितने होशियार हैं। पत्नी को डांटकर पच्चीस-तीस रुपये की ह्विस्की पी जाएगा। क्या चरित्र था?

"लेकिन उसने मुझसे पूछा नहीं। यदि मुझसे पूछती तो मैं उसे मना कर देता।"

"खैर, इस किस्से को छोड़िए।"

"आपके कई प्रकाशक परिचित हैं, सरोज को नौकरी नहीं मिल सकती?"

"आप सरोज से नौकरी कराना चाहते हैं?"

"ज़माना ही ऐसा है। घर के हर सदस्य को नौकरी करनी पड़ती है। तब हम जैसे सफेदपोश जीवित रह सकते हैं।"

"आप ठीक कहते हैं। मैं कोशिश करूंगा।" मैंने कहा। यद्यपि मैं जानता था कि मैं कभी कोशिश न करूंगा। प्राइवेट फर्मों में सरोज जैसी सुन्दर लड़की दानवों से बच न सकती थी। लेकिन यह मेरी चिंता न थी। यह तो केवल को सोचना था। यदि वह चाहता था कि सरोज परपुरुषों के बिस्तर गर्म करे तो मैं कौन रोकने वाला था! मेरी ताकत ही क्या थी। वह शराबी था, उसे शराब चाहिए थी। चाहे वह कहीं से आए।

"कारोबार कैसा चल रहा है?"

"ठीक है।"

"खैर, एक बात है। ह्विस्की ह्विस्की होती है।"

"रूपा ने तैयारी तो पूरी कर ली है?"

"मैं उसे पढ़ाता हूं।"

"शराब पीकर?"

"शराब दिमाग को तेज़ करती है।"

"अवश्य करती होगी। वैसे वह एक बार दसवीं में फेल हो चुकी है?"

"जी हां।"

"फिर ध्यान रखिएगा। क्या कॉलेज में पढ़ाइएगा?" मैंने पूछा।

'अभी हायर सेकेण्डरी तो कर ले। कॉलेज का समय आएगा तो उस

समय सोचेंगे।"

"बिल्कुल ठीक आप करते हैं, जो कल की चिंता नहीं करते। लेकिन मैं कलाकार हूं। हर समय कल की चिंता रहती है। अब भी सोच रहा हूं कि कल किसका काम करना है।"

"कलाकार, लेखक और शायर सोचते बहुत हैं।"

"इसीलिए सेहत नहीं बनती।" मैंने हंसकर कहा। केवल ने तीसरा पेग डाला। मेरा भी दूसरा चल रहा था। मैं नहीं चाहता था कि दूसरी बोतल खुले। इसलिए मैंने भी चाल तेज़ कर दी और गिलास खाली करके पटियाला पेग भरा।

"आपने नीलम के लिए कोई लड़का देखा?"

"कोशिश कर रहा हूं।"

"नौकरी क्यों नहीं कराते?"

"इसकी ज़रूरत नहीं। शादी कराए और अपने घर जाए। पति कराना चाहे तो कराए। लेकिन मैं नहीं कराऊंगा।"

"आपको ज़रूरत ही क्या है? आपने तो पूरी तैयारी कर रखी होगी।"

"हां, गहने और थोड़ा कपड़ा तैयार है।"

"आप ज़ेवर मेरे लॉकर में रख दें।"

"मेरे पास लॉकर है।" मैंने सोचा, 'तुमसे अधिक विश्वासपात्र व्यक्ति भला मुझे कहां मिल सकता है!'

बोतल ने दम तोड़ दिया, और अभी केवल नौ बजे थे। मैंने पान मुंह में डाल लिया।

"और बोतल नहीं?"

"जी नहीं।"

"आपको तो स्टॉक रखना चाहिए। आप कलाकार हैं। न मालूम कब मूड बन जाए।"

"कोशिश तो करता हूं। लेकिन स्टॉक में रहती नहीं। कोई न कोई आ जाता है।"

“आप लोगों को न पिलाया कीजिए।”

“कोशिश करूंगा।” मैंने सोचा केवल लोगों में से न था; वह तो इस घर का सदस्य था।

“अच्छा, अब चला जाए। वैसे पहली को वेतन मिलते ही चालीस रुपये भिजवा दूंगा।”

“आ जाएंगे। रुपये की चिंता न करें। रूपा की पढ़ाई की चिंता करें। वह ज़रूरी है।”

“जी हां। क्या मीट नहीं पका?”

“आज तो दाल, सब्जी, रायता और सलाद है।”

“भाभी, एक कटोरी दाल लाना।”

“रोटी भी?”

“नहीं। केवल दाल। जरा मुंह का स्वाद ठीक हो जाए।

“अभी लाई।” कहकर रीता चली गई।

केवल ने सिगरेट सुलगाई और पैकेट खाली हो गया। उसे फेंक दिया।

“सिगरेट मंगाऊं?”

“नहीं। अब जा रहा हूं। रास्ते में खरीद लूंगा।”

नीट शराब अपना रंग दिखा रही थी। केवल से सिगरेट न सुलग रही थी। चौथी सिलाई से सिगरेट सुलग सकी। न मालूम घर कैसे जाएगा। लेकिन यह मेरी चिंता न थी। हर शराबी किसी भी हालत में क्यों न हो, घर पहुंच जाता है।

दाल आई और केवल ने चम्मच एक ओर रखा और कटोरी मुंह को लगा ली।

दाल पीकर वह खड़ा हो गया। लेकिन वह खड़ा न हो सकता था।

“अच्छा विनोद साहब, पैसे के लिए भी धन्यवाद और ह्विस्की के लिए डबल धन्यवाद।”

“स्कूटर मंगा दूं?”

“आपका खयाल है...मैं नशे में हूं?”

"जी नहीं।"

"जरा-सा सरूर आया है। खुली हवा में पैदल चलूंगा तो सब ठीक हो जाएगा।"

'नाली में गिरोगे।' मैंने मन ही मन कहा।

केवल लड़खड़ाता हुआ चल दिया। मैंने हाथ जोड़ें और कानों को हाथ लगाया। भगवान ऐसे शराबियों से बचाए।

रीता हंस दी।

"मैंने ठीक कहा था कि यह बोतल खाली हो जाएगी।"

"तुम बहुत दूर की सोचती हो। अब एक पेग लाओ, ताकि आराम से पी सकूं।"

"खाना क्यों नहीं खा लेते?"

"केवल ने कम बोर किया है, जो अब तुम कर रही हो? पत्नी चालीस रुपये ले गई। उसे डांटा और लज्जा दूर करने के लिए तीस रुपये की ह्विस्की पी गया। जवाब नहीं। भगवान कैसे-कैसे लोग बनाता है। यह लड़की की शादी कैसे करेगा?"

"वह स्वयं ही कर लेगी।"

'हां, यह ठीक है। अच्छा, पेग लाओ।"

"कहें तो बोतल ले आऊं। शायद कोई और यहां आ जाए। या कोई लज्जा दूर करने आ जाए।" रीता ने हंसकर कहा।

"नहीं। केवल एक पेग।"

रीता पेग ले आई। "फिर नीलम के लिए कोशिश कीजिए।"

"अब कह तो दिया, करूंगा। बार-बार कहने से वर तो पैदा नहीं हो जाएगा।"

"और शराब भी कम कर दीजिए। दोनों लड़कियों की शादी करके फिर चाहे दिन-रात पिया कीजिए।"

"तुम मेरी शराब को क्यों कोसतो हो? मेरे काम की भी प्रशंसा किया करो। और हां, सुनार ने गहने बना दिए हैं या नहीं?"

"दो सेट तैयार हो चुके हैं। एक सेट और चूड़ियां शेष हैं।"

"अब बाहर से क्या मंगाना है?"

"लड़के के लिए कुछ मंगवा लीजिए और कॉस्मेटिक्स।"

"अभी फोन करता हूं।"

"अब पीकर फोन न करें। आप पन्द्रह मिनट से कम बात न करेंगे। और फिर चार सौ रुपये का बिल आ जाएगा।"

"ओ० के०।"

बातें होती रहीं। और खाना खाकर मैं सो गया।

पहली को सावित्री चालीस रुपये लौटा गई। मैंने भगवान का धन्यवाद किया कि केवल लौटाने नहीं आया। वरना आधा बोतल ह्विस्की ब्याज में देनी पड़ती। लोग पैसा देते हैं तो ब्याज लेते हैं। मैं पैसा देता हूं तो ब्याज भी देता हूं।

रोमा कॉलेज के फर्स्ट ईयर में थी। और रूपा हायर सेकेण्डरी की परीक्षा दे रही थी। अब इनकी मित्रता वह न रही थी। अब कभी-कभी रूपा मिलने आ जाती थी या इतवार को रूपा, सरोज और प्राण टेलीविज़न पर फिल्म देखने आ जाते थे। मैं फिल्म न देखता था और अब फ्रिज में बीयर न रखता था। केवल से भी एक वर्ष की अवधि में कम ही भेंट हुई।

एक दिन रोमा, रूपा और कंवल तीनों स्कूल की सहेलियां जमा हो गईं।

"सुना है तुम्हारी सगाई हो रही है?" रोमा ने कंवल से कहा

"हां। बात तो चल रही है। पापा अब मुझे बोझ समझने लगे है।"

"बोझ क्यों?" रूपा ने कहा।

"हम तीन बहिनें हैं। भाई कोई नहीं। इसलिए खर्चा ही खर्चा है। फिर पापा की तनख्वाह ही क्या है। दुकान में सेल्ज़मैन हैं। केवल पांच सौ रुपये

मासिक मिल रहे हैं।" कंवल ने कहा।

"लेकिन तुम्हारे दादा की कोठी है।"

"दादा तो जीवित नहीं। और ममी की सास से बनती नहीं। कोठी में भी केवल बरसाती दे रखी है। वह भी गनीमत है। आजकल बरसाती का किराया भी सवा सौ या डेढ़ सौ है।" केवल ने कहा।

"हमारा तो कुछ भी नहीं। पापा चार-पांच वर्ष बाद रिटायर हो जाएंगे। क्वार्टर खाली करना पड़ेगा। न मालूम कितने में मकान मिले।" रूपा ने कहा। "और रोमा सबसे अधिक भाग्यशाली है। पापा खूब कमा रहे हैं। लाख-सवा लाख का मकान है। और कार के सिवा हर वस्तु घर में है। रोमा, सुनो, तुम्हारे पापा कार क्यों नहीं लेते?"

"पापा ने जवानी में कार रखी थी। उस समय दिल्ली में केवल सात सौ कारें थीं। फिर कारोबार तबाह हो गया। जो मकान दादाजी ने बनाया था वह भी बेचना पड़ा। यदि उसे न बेचते तो आज वह दो लाख का होता।" रोमा ने कहा।

वह कम बोलती थी। उसने आज तक किसीको शत्रु न बनाया था। स्कूल में छात्राओं और अध्यापिकाओं की चहेती थी। और अब कॉलेज में भी चहेती थी।

"तुम तो बड़े अच्छे कॉलेज में पढ़ रही हो।" कंवल ने कहा।

"मेरे सिवा मेरी सारी सहेलियों के पास कार हैं। बहुत अमीरों के बच्चे पढ़ते हैं वहां।" रोमा ने कहा।

"वहां तो दाखिला मिलना भी बहुत कठिन है।"

"हां। पापा के एक मित्र हैं। दिल्ली यूनिवर्सिटी में डिप्टी रजिस्ट्रार हैं। उनकी वजह से दाखिला मिला।"

"कंवल?" रूपा ने कहा।

"हूं।"

"इसका मतलब है तुम बी० ए० नहीं करोगी? तुम्हारी पहले ही शादी हो जाएगी।"

“ममी कहती है, बी० ए० शादी के बाद करना।”

“इतनी छोटी उम्र में शादी?” रूपा ने कहा।

“अब मैं तुम्हारी तरह प्रेमपाश में नहीं फंसी। माता-पिता जो करेंगे वह स्वीकार है।” कंवल ने कहा। “वैसे तुम्हारे प्रेमी का क्या हाल है?”

“बस मिलता रहता है।” रूपा ने कहा।

“काम क्या करता है?”

“क्लर्क है।”

“उसके साथ ही शादी करोगी?”.

“मुश्किल है। मेरी मामा के दिमाग में एक भूत सवार है कि मेरी एक बेटी है। मैं वहां दूंगी जिनकी अपनी जायदाद हो, नौकर हों और ऐश्वर्य का सारा सामान हो।”

“फिर प्रेम क्यों कर रही हो। खामखह उस गरीब को परेशान करोगी। तुम चली गईं तो वह एकान्त में रोया करेगा।”

“वह तो अब भी कहता है कि यदि मेरे साथ शादी न हुई तो वह आत्महत्या कर लेगा।” रूपा ने कहा।

“खैर। यह सब किस्से-कहानियों और फिल्मों की बातें हैं। कौन किसीके लिए जान देता है!” कंवल ने छेड़ा।

“लेकिन वह बहुत गंभीर है।”

“पत्र आते हैं?”

“हां।”

“सिनेमाभी जाते हो?”

“केवल एक बार गए हैं।”

“फिर कचहरी में शादी कर लो।”

“मेरी उम्र इसकी अनुमति नहीं देती।”

“रूपा, तुम उसे मूर्ख बना रही हो। जिस प्रकार का वर तुम्हारी ममी चाहती है, उसके लिए दहेज भी उतना ही चाहिए।”,

“डैडी शराब पी लेते हैं तो हवाई किले बनाना शुरू कर देते हैं।”

"हायर सेकेण्डरी के बाद कॉलेज जाओगी?"

"पहले हायर सेकेण्डरी तो कर लूं। मेरा तो पढ़ाई में बिलकुल जी नहीं लगता।" रूपा ने कहा।

"प्रेम में ऐसा ही होता है।" कंवल ने हंसकर कहा।

"कभी कुछ किया भी है।" रोमा ने पूछा।

"नहीं। केवल हाथ पकड़ता है। वह मेरे शरीर को छूता है तो शरीर भट्ठी बन जाता है।"

"कभी तुम्हारा हाथ भी चूमा है?"

"यह तो कई बार किया है।"

"तुमने या उसने?"

"एक ही बात है। लेकिन पहल वह करता है।"

"नाम क्या है?"

"सुधीर।"

"बात केवल हाथ-मुंह चूमने तक ही रखना। इससे आगे न बढ़ना। वरना मुसीबत खड़ी हो जाएगी।" रोमा ने धीरे से कहा।

"मैं इतनी नादान नहीं हूं।"

"पुरुष बहुत चालाक होते हैं। और स्त्री फिसल जाती है।" रामा ने कहा।

"क्या तुम्हें अनुभव है?" रूपा ने गुस्से में कहा।

"गुस्सा न करो। मैं तो ऐसे ही कह रही थी।"

"कंवल, तुम्हारा दहेज तैयार है?"

"हां। जो कसर है वह ममी की एक सहेली है, लखपती की पत्नी है। बहिन बनी हुई है, वह मदद करेगी। वरना पांच सौ रुपये में क्या निर्वाह होता है?. शुक्र है कि किराया नहीं देना पड़ता।"

"हम मध्यमवर्ग वालों का जीवन भी क्या जीवन है!" रोमा ने दीर्घ निःश्वास लिया।

"तुम क्यों चिन्ता करती हो? तुम्हारे डैडी तो दोनों हाथों से धन

कमा रहे हैं।"

"लेकिन शराब की वजह से आजकल जिगर खराब है और शराब बन्द कर रखी है।" रोमा ने कहा।

"तुम्हारे डैडी तो बहुत पीते हैं।" कंवल ने रूपा से कहा।

"इसीलिए घर में कुछ नहीं। तौलिया तक नहीं। कई बार बिना साबुन स्नान करना पड़ता है।" रूपा ने कहा।

"वह शराब क्यों नहीं छोड़ देते।"

"शराब न पीएं तो गालियां कैसे दें?"

"बहुत गालियां देते हैं?"

"पूछो मत। शराब पीने के बाद जो सामने आ जाता है उसका कुशल नहीं। मैं तो भीतर जाती ही नहीं। भाभी के साथ रसोईघर में रहती हूं।"

"खैर, तुम्हारी भाभी बहुत अच्छी है।"

"सूरत भी भगवान ने अच्छी दी है और स्वभाव भी उससे बढ़कर है। कौन-सा गुण है जो उसमें नहीं है?"

"क्या दहेज बनाया है? तुम्हारा तो हर सामान विलायत या अमेरिका से आता है।" कंवल ने छेड़ा।

"वह स्कूल की बातें थीं। अभी तक एक साड़ी नहीं खरीदी। गहनों का तो प्रश्न ही नहीं उठता। भाभी अपने गहनों में से कुछ दे दे तो बात अलग है। वरना तीन कपड़ों में शादी कर देंगे।"

"ऐसे लड़के आजकल कहां मिलते हैं!"

"कर्ज़ से दबे पड़े हैं। लेकिन मां का दिमाग आकाश पर है। वह एक ही रट लगाए है, अपना मकान हो, खूब कमाता हो। घर में हर वस्तु हो, जो आजकल अमीरों के यहां होती है।"

"फिर ऐसा लड़का कहां से मिलेगा? तुम इतनी सुन्दर भी नहीं कि फिल्मी अभिनेत्री को मात दो।"

"अब मां को कौन समझाए।"

"तो कॉलेज में नहीं पढ़ोगी?"

"कहा तो है, हायर सेकेण्डरी ही कर लूं तो गनीमत है।"

"आजकल भाई क्या कर रहा है?"

"एक फर्म में नौकर है।"

"कुछ महीने हुए पहले तो नौकरी छूट गई थी?"

"वह भी पिता के नक्शे पर चल रहा है। बाप और बेटा हर शाम शराब पीते हैं।"

"भाई क्या वेतन ले रहा था?"

"चार सौ पचास।"

"भाभी तो दहेज में बहुत कुछ लाई थी।"

"लाई थी। वह पुरानी बात है। डाइनिंग टेबल की कुर्सियों का प्लास्टिक टूट गया है। इन्हें बनवाया नहीं जा सकता। एक दर्जन चादरें लाई थीं; वे सब फट गई हैं। मैंने पिछले एक वर्ष से नया कपड़ा नहीं खरीदा।"

"सुधीर के साथ शादी कर लो।"

"मां नहीं मानेगी।"

"तो घर से भाग जाओ।"

"भागकर कहां जाएंगे? वह इतना अमीर नहीं कि किसी दूसरे शहर में जाकर मकान लेकर रह सकें। फिर मैं कायर हूं। मैं भाग नहीं सकती।" रूपा ने कहा।

"यदि तुम भाग गईं तो हमारी साख भी खराब हो जाएगी।" रोमा ने कहा।

"रोमा, तुम चिंता न करो। मैं जान दे दूंगी लेकिन गलत कदम न उठाऊंगी।"

"परीक्षा हो चकी है। देखें परिणाम कब निकलते हैं।" कंवल ने कहा, "क्या पास हो जाओगी?"

"शायद।"

"दिन-भर क्या करती हो?"

"सिलाई सीख रही हूं।"

"क्या पड़ोसियों के कपड़े सीने का इरादा है?"

"आवश्यकता पड़ी तो वह भी कर लूंगी। लेकिन पास हो गई तो पापा छोटी-मोटी नौकरी दिलवा देंगे।"

"टाइप सीख रही हो?"

"हां।"

"फिर तो शायद मिल जाए। लेकिन प्राइवेट फर्मों में लड़कियों की इज्ज़त सुरक्षित नहीं रह सकती।"

"वह किसी बड़ी फर्म में कोशिश करेंगे।"

"इतनी जान-पहचान है?"

"अंकल की पहुंच है। वह पैसे वाला है। अपनी कार है। कोठी है।"

"इसका मतलब है नौकरी करोगी।"

"करनी पड़ेगी। वरना माता-पिता के पास तो दहेज में देने के लिए एक पैसा भी नहीं। अब तो कर्ज़ा भी नहीं मिल सकता। अब तुमसे क्या छुपा है—हायर सेकेण्डरी के दाखिले की फीस रोमा की मम्मी से ली थी।"

"सच रोमा?" कंवल ने पूछा।

"शायद।"

"तुम खूब हो। अहसान करके जताती नहीं हो; वरना आज के ज़माने में मदद तो कोई करता नहीं और अहसान अकारण ही जताते हैं।" कंवल ने कहा।

"मम्मी और पापा जो करते हैं वह कभी हमें बताते नहीं। पापा तो विशेष तौर पर। अब हम दोनों बहिनों के नाम बैंक में फिक्स्डडिपॉजिट है। कितना है हम नहीं जानतीं। जब अवधि पूरी हो जाती है तो रसीद के पीछे हस्ताक्षर करने को कह देते हैं। लेकिन दूसरी ओर क्या है, आज तक पता नहीं चल सका। नीलम तेज़ है। उसने एक बार पापा शिमला जा रहे थे तो बार्डरोव से कपड़े निकाले और इनका फाइबर तैयार किया। तब उसके हाथ रसीदें आ गई थीं। उसने बताया है कि मेरे और नीलम के नाम बीस-बीस हज़ार रुपया है।"

"बीस-बीस हज़ार!" कंवल ने कहा।

"हां।"

"रोमा, तुम्हारी यह आदत बहुत बुरी है। तुम सहेलियों से भी छुपाती हो।"

"यदि पापा को पता चल जाए कि हमें पता चल गया है तो वह रुपया अपने नाम कर लेंगे। यह तो इन्कम-टैक्स से बचने के लिए हमारे नाम कर रखा है। हां, सेविंग एकाउंट की खबर रहती है। वहां पांच-छ: सौ रुपये रखते हैं।"

"तुम्हारा अपना एकाउंट है?" रूपा ने पूछा।

"हां"

"तुम चेक पर हस्ताक्षर करती हो?"

"हां। कई बार तो दो-तीन हज़ार रुपया हो जाता है। फिर पापा चेक साइन करने को दे देते हैं लेकिन रकम हमारे सामने नहीं भरते।"

"तुम बहुत भाग्यशाली हो। बहिन से प्यार है। केवल एक भाई है। वह सारी उम्र तुम्हारा रहेगा।" कंवल ने कहा।

"भाई मेरा भी एक है। लेकिन किसी काम का नहीं। बस, डैडी की भांति वह शराब पी सकता है।" रूपा ने कहा।

"सूना है तुम्हारी भाभी नौकरी की कोशिश कर रही है।" कंवल ने कहा।

"हां। एक बैंक में नौकरी मिली भी थी। लेकिन पक्की न थी। अस्थायी थी, बल्कि दिनों के हिसाब से वेतन मिलता था।" रूपा बोली।

"आश्चर्य है। एम० ए० पास है। फिर भी नौकरी नहीं मिलती।" कंवल ने कहा।

"एम० ए० पास को कौन पूछता है। अब ज़माना बदल गया है। इतनी यूनिवर्सिटियां हो गई हैं, जहां से प्रति वर्ष हज़ारों नहीं बल्कि लाखों बी० ए० करते हैं। बी० ए०—एम० ए० को छोड़ो। डॉक्टर और इंजीनीयर बेकार हैं। यहां नौकरी नहीं मिलती तो इंग्लैंड, अमेरिका या

कनाडा चले जाते हैं। वहां खूब रुपया कमाते हैं। लेकिन वापस नहीं आते। तीन-चार वर्ष में एक बार आते हैं और कोठी खरीदकर चले जाते हैं। कोठियां किराये पर दे रखी हैं, और किराया यहां जमा हो रहा है। जिसपर इन्कम टैक्स भी नहीं देते।" रोमा ने कहा।

"तुम देश से बाहर शादी कराओगी? तुम्हारे पापा तो आठ-नौ सौ या हज़ार रुपया कमाने वाले के साथ ब्याह न करेंगे।" रूपा ने रोमा से कहा।

"कुछ नहीं कह सकती। पापा जी करेंगे वह स्वीकार है।" रोमा ने कहा।

"तुम दोनों सुन्दर हो। लेकिन हद है। तुम्हारा किसीसे प्रेम नहीं।" रूपा बोली।

"मैं प्रेम को दूर से ही सलाम करती हूं।" कंवल ने हंसकर कहा।

"और मैं सात सलाम करती हूं।" रोमा ने कहा।

"तो, मैं ही एक बेवकूफ हूं।" रूपा बोलो।

"नहीं। तुम तो भाग्यशाली हो। ब्याह के बाद पति को खुश रख सकोगी।" कंवल ने छेड़ा।

"या रात को जब पति सो जाया करेगा तो यह प्रेमी की याद में करवटें लिया करेगी।" रोमा ने कहा।

"अब तुम दोनों मेरा मज़ाक उड़ा रही हो।" रूपा ने कहा।

"बिलकूल नहीं..." दोनों एकसाथ बोलीं।

"मज़ाक नहीं तो और क्या है। मुझे तो रोना आता है। न मालूम डैडी-मम्मी क्या सोचकर बैठे हैं? उनके विचार में मैं अभी, दुध-पीती बच्ची हूं। और कभी जवान न हूंगी।"

"लेकिन मां को तो चिंता है। वह तो कहती है कि तुम्हारी शादी वहां करेगी जिसकी अपनी जायदाद हो, स्कूटर या कार हो। घर में फ्रिज, टेलीविज़न, सोफे और सब कुछ हो। जो दक्षिणी दिल्ली की अमीर कॉलोनियों में होता है।" कंवल रूपा से बता रही थी।

"बाद में पांच सौ रुपये कमाने वाला क्लर्क भी न मिलेगा।" रूपा

ने कहा।

"तो सुधीर तो है। उसके साथ शादी कर लेना।" रोमा बोली।

"वह मम्मी न होने देगी।"

"एक समय था, हम स्कूल में साथ थीं। अब तुमने स्कूल की अन्तिम परीक्षा दी है। कंवल अलग कॉलेज में है, मैं दूसरे कॉलेज में। किस तरह बिछुड़ गए हैं! अब तो तीनों इकट्ठी हों, यह आश्चर्य ही है। शादी के बाद कौन कहां चली जाएगी? कुछ पता नहीं। तीनों कभी इकट्ठी नहीं होंगी।" रोमा ने कहा।

"नहीं रोमा, मैं तो शपथ खाकर कहती हूं कि तुम दोनों की शादी में आऊंगी।" कंवल ने कहा।

"यदि पति ने आने न दिया?" रोमा ने कहा।

"यह भी ठीक है। लेकिन मैं घर की दीवार फांद कर आने की कोशिश करूंगी।" कंवल ने जोश से कहा।

"समय आने दो।" रोमा बोली।

"क्यों न हम एक-दूसरे को कोई निशानी दे दें।" कंवल ने कहा।

"बेहतरीन यादगार तो फोटो हो सकती है। तीनों एक फोटो उतरवा लेती हैं।" रोमा ने सलाह दी।

"यह तो कभी सोचा ही न था। रोमा ने लाख रुपये की बात की है। चलो आज ही फोटो उतरवाते हैं।" रूपा बोली।

"ऐसी क्या जल्दी है। कंवल की शादी जल्दी हो रही है। उस शादी पर फोटो उतरवा लेंगे।" रोमा ने कहा।

"तुम बहुत कन्जूस हो। हालांकि तुम्हारे पापा मेरे दादा जैसे नहीं। पापा हों तो तुम्हारे पापा जैसे। कॉलेज में गई। घड़ी मांगी, दूसरे दिन ही खरीद दी। जन्मदिन आया। किसी ज्योतिषी ने कहा कि गले में मोती डालो। सोने की चेन और मोती ले आए। और पति भी तुम्हारी ही मनपसन्द का ढूंढेंगे।" कंवल ने कहा।

"अभी तो नीलम बैठी है।" रोमा ने कहा।

"अब वह क्या कर रही है?"

"यूं ही समय काट रही है। बी० ए० कर चुकी है। फ्रेंच भाषा पढ़ रही है। एक वर्ष में सर्टीफिकेट मिलेगा, दो वर्ष बाद डिप्लोमा, तीसरे वर्ष बाद डिग्री।" रोमा ने कहा।

"क्या इसकी शादी देश से बाहर करनी है?"

"नहीं, पापा कलाकार हैं, और हमें बहुत प्यार करते हैं—वह बहुत दूर न भेजेंगे। इसी शहर में शादी करेंगे। वह हमें आंखों से दूर नहीं रखना चाहते।" रोमा ने गंभीरता से कहा।

"खैर, तुम्हारे पापा का जवाब नहीं।" रूपा ने दीर्घ सांस ली। शराब भी पीते हैं और घर में सब कुछ है। तुम्हारे पास सबसे अधिक कपड़े हैं। एक से बढ़कर एक।" रूपा ने कहा।

"यह तो सच है।" कंवल ने समर्थन किया।

"बस जो मांगा मिल जाता है। लेकिन अब तो शराब बन्द कर रखी है।" रोमा ने कहा।

"लेकिन कहते हैं, शराबी शराब नहीं छोड़ सकता।" कंवल ने कहा।

"पापा बड़े जिद्दी हैं। और दृढ़ संकल्प रखते हैं। जिस बात पर अड़ जाते हैं, अड़ जाते हैं। प्रकाशक एड़ियां रगड़ते हैं, मिन्नतें करते हैं, लेकिन उनका काम नहीं करते। क्योंकि कभी यह उनके पास जाते थे और वे काम नहीं देते थे, लेकिन अब बात और है। अब प्रकाशक आते हैं और यह कहीं नहीं जाते। पूरे पैसे पेशगी लेते हैं। फिर प्रकाशक चक्कर लगाता है। कहा करते हैं, 'अब मेरी बारी है। मैंने बहुत फील्डिंग की है।' " रोमा ने हंसकर कहा।

फिर सुधीर की बातें होने लगीं।

केवल अब चार-छः महीने में कभी भूलकर मुझे मिलने आ जाता था। और शराब पीकर बहकता और बड़ी-बड़ी बातें करके चला जाता।

केवल के साथ दफ्तर में मोहन शर्मा भी काम करता था। यद्यपि अभी

दोनों का ग्रेड और वेतन एक था, लेकिन मोहन शर्मा इंजीनियर था और उसे तरक्की मिलने वाली थी।

एक दिन दफ्तर में दोनों बैठे थे तो मोहन शर्मा ने कहा, "केवल, मेरा साला सेना में फ्लाइंग अफसर है। यार, उसके लिए कोई लड़की तो बताओ।"

"तुम्हारा संकेत मेरी ओर है?" केवल ने कहा।

"नहीं। लड़की बी० ए० अवश्य होनी चाहिए।" मोहन शर्मा ने शर्त बताई।

"और दहेज?"

"उसकी चिंता नहीं। भगवान का दिया सब कुछ है। लड़का क्लास वन अफसर है।"

"खैर। मैं तो मज़ाक कर रहा था।" केवल ने हंसने की कोशिश की।

"कोई तुम्हारे सर्किल में अच्छी लड़की हो, सुन्दर हो। बी०ए० हो और अंग्रेज़ी अच्छी बोल सकती हो तो अवश्य बताना।" मोहन शर्मा ने कहा।

"लड़कियां तो बहुत हैं। लेकिन सब मेरी तरह हैं। देने को कुछ नहीं।"

"हमें केवल अच्छी लड़की चाहिए।"

"सब कहते हैं कि कुछ नहीं चाहिए। लेकिन सब जानते हैं कि घर आई लक्ष्मी कौन ठुकराता है?"

"खैर, ध्यान रखना।"

"अच्छा।"

बात समाप्त हो गई। उस दिन केवल शाम जल्दी को घर पहुंचा। देसी शराब की बोतल खुल गई।

"सावित्री!"

"जी।"

"तुम मोहन शर्मा को जानती हो?"

"क्यों नहीं। पड़ोस में उसका रिश्तेदार रहता है। और उसकी पत्नी

टेलीफोन ऑपरेटर है।”

“हां, वही।”

“क्यों? क्या बात है?”

“वह आज अपने साले की बात कर रहा था। हवाई सेना में फ्लाइंग अफसर है।”

“कितना वेतन होगा?”

“एक हज़ार से अधिक।”

“लड़की कैसी चाहते हैं?”

“जैसी फौजी अफसरों की पत्नियां होती हैं। सुन्दर-स्मार्ट। बी० ए० पास और अंग्रेज़ी खूब बोलती हो।”

सावित्री चुप हो गई।

“क्या सोच रही हो?”

“एक लड़की है। जो बी० ए० है। सुन्दर भी है। और पिता भी अमीर है। काफी दहेज दे सकता है। बल्कि विदेश से बहुत कुछ मंगा रखा है। अब मैं कह नहीं सकती कि वह फौजी अफसर को लड़की देंगे या नहीं।” सावित्री ने कहा।

“कौन है?”

“रोमा की बहिन?”

“अरे! हद हो गई। मरे दिमाग में ही नहीं आया। वे तो शादी भी बहुत अच्छी करेंगे। पैसे की कमी नहीं। और लड़की भी बुरी नहीं। बी० ए० है और अंग्रेज़ी भी खूब बोलती है। बस, बात बन गई। रूपा कहां है?” केवल खुश हो गया।

“उसकी क्या आवश्यकता पड़ गई?”

“रोमा का अभी बुलाओ।”

“कल आ जाएगी। ऐसी क्या जल्दी है?”

“सावित्री, यदि यह बात सिरे चढ़ जाती है, तो मैं समझूंगा कि मैं बेकार शराबी नहीं हूं। शराब दोस्त बनाती है। ठहरो।”

"कहो।"

"मैं स्वयं ही क्यों न जाकर विनोद से बात करूं?"

"जी नहीं। यदि सेहरा अपने सिर बांधना है तो लड़की को यहां बुलाइए और मोहन शर्मा और उसकी पत्नी को भी। पहले वे लड़की को देख लें। फिर विनोद से बात करेंगे।"

"बात तो ठीक कहती हो। सेहरा मेरे सिर बंधेगा और विनोद से दोस्ती और घनिष्ठ हो जाएगी। उसकी बहुत शराब पी है। वह कर्ज़ा उतर जाएगा।"

"अब समझे।"

"तो रूपा को भेजकर रोमा को बुलाओ।"

"शाम के इस समय आ जाएगी?"

"क्यों नहीं। विनोद न आया तो भाभी साथ आ जाएगी।" केवल ने कहा।

"अच्छा बुलाती हूं।"

दो मिनट बाद रूपा कमरे में थी।

"रूपा बेटी, रोमा को बुलाकर लाओ।"

"इस समय डैडी?"

"कहना, बहुत ज़रूरी काम है। यदि रोमा को आंटी न भेजे तो कहना कि आंटी को भी बुलाया है।"

"अच्छा।" कहकर रूपा चली गई।

"यह रिश्ता अवश्य हो जाएगा।" केवल ने कहा।

"इतनी जल्दी फैसले नहीं होते।"

"मेरा दिल कह रहा है।"

"ख़ैर, रूपा को आने दो।"

वे प्रतीक्षा करने लगे।

रूपा रोमा के घर पहुंची।

"रोमा?"

"हूं।" रोमा रसोई घर में खाना बना रही थी। "कहो।"

"तुम्हें मेरे डैडी ने बुलाया है।"

"इस समय?"

"हां, अभी, इसी समय।"

"मैं मम्मी से पूछ लूं। वैसे तुम्हारे डैडी ठीक हालत में हैं या शराब पी रहे हैं?"

"शराब तो पी रहे हैं।"

"फिर तो मामा जाने नहीं देगी।"

"मैं आंटी से बात करती हूं।"

रीता मेरे पास बैठी थी।

"आंटी, नमस्ते। अंकल, नमस्ते।"

मैंने रीता के नमस्ते का उत्तर नमस्ते में दिया।

"आपको और रोमा को मेरे डैडी ने बुलाया है।"

"इस समय?"

"जी हां।"

"काम क्या है?"

"यह तो बताया नहीं।"

"क्या कर रहे हैं?"

"वही जो हर शाम करते हैं।"

"अच्छा। तुम बाहर जाओ।"

रूपा रसोईघर में चली गई।

"इस समय शराबी को मुझसे क्या काम हो सकता है?"

"शराब कम हो गई होगी। आधी बोतल ह्विस्की ले जाओ।" मैंने हंसकर कहा।

"मेरा विचार है कोई रिश्ता है इनके पास।"

"लेकिन तुम जानती हो, मैं रोमा की शादी क्लर्क से नहीं करूंगा।"

"खैर, मैं जानती हूं। किसीने बात छेड़ी होगी। तब इसने बुलाया है।

ज़रूरी बात है कि लड़का अफसर होगा। वरना अपनी लड़की का रिश्ता कर देते। इन्हें पैसे वाली पार्टी चाहिए।"

"हो आओ। मुझे इस शराबी की किसी बात पर विश्वास नहीं।"

"जाने में क्या नुकसान है?"

"जल्दी लोट आना। वह शराबी बातें शुरू कर दे तो रात दो बजे तक बोल सकता है।" मैंने हंसकर कहा।

"साड़ी तो बदल लूं।"

"वे जानते हैं, तुम्हारे पास कितनी साड़ियां हैं।"

"आप तो कलाकार ही रहेंगे।"

"अब क्या फर्राश बन जाऊं। जब आर्टिस्ट हूं तो आर्टिस्ट ही रहूंगा।"

रीता ने साड़ी बदल ली थी।

"यह गले से बैन उतार दो। आजकल हर अखबार में यही खबर होती है—इसकी चेन उतर गई और उसकी उतर गई।"

"अच्छा चूड़ियां पहने रखूं?"

"केवल दो।"

रीता ने चेन और चार चूड़ियां उतार दीं।

"अच्छा। मैं जा रही हूं।"

"जल्दी लौटने की कोशिश करना। वरना मैं ह्विस्की की बोतल खोल लूंगा।"

"अब एक वर्ष से अधिक हो गया है छोड़े हुए। क्या अभा तमन्ना बाकी है"

"वह तो कभी खत्म न होगी।"

"और डॉक्टर?"

"वह अपनी जगह है।"

"अच्छा।" कहकर रीता, रूपा और रोमा चली गईं।

"रूपा, बात क्या है?" रीता ने रास्ते में प्रश्न किया।

"आंटी, यह तो डैडी ने बताया नहीं।"

"फिर भी।"

"आंटी, मैं सच कहती हूं। मैं भाभी के साथ रसोईघर में खाना बना रही थी कि मम्मी आई और कहा, 'डैडी बुला रहे हैं।' वह पी रहे होते हैं तो मैं उनके कमरे में नहीं जाती। लेकिन आज जाना पड़ा। उन्होंने कहा कि रोमा को बुलाओ। और हो सके तो आपको भी बुला लाऊं।" रूपा ने सफाई पेश की।

रीता के मस्तिष्क में दर्जनों बातें थीं। और वह तेज़ चल ही थी। आखिर घर आ गया।

"डैडी, रोमा और आंटी आई हैं।" रूपा ने भीतर जाकर कहा।

"उन्हें भीतर बुला लो।"

रीता और रोमा भीतर चली गईं।"

"आओ भाभी, नमस्ते। आओ बैठो।"

"नमस्ते अंकल।" रोमा ने कहा।

"तुम भी आई हो।"

"भाभी, माफ करना मैं पी रहा हूं लेकिन ऐसी-वैसी काई बात नहीं होगी।"

आप, चिंता न करें। मेरे लिए यह नई बात नहीं है।" रीता ने कहा। और सावित्री भी आ गई। वे गले मिलीं, जैसे बहिनें हों। रीता का संदेह गहरा हो गया।

"कहिए।" रीता ने कहा।

"भाभी, मैंने जीवन में एक ही नेक काम किया है कि प्राण की शादी की और बहू बहुत अच्छी लाया, जो सुन्दर भी है और सुशील भी है। कौन-सा गुण है जो इसमें नहीं।"

"यह बात तो सच है।" रीता चाहती थी कि यह भूमिका बंद हो और असली बात शुरू हो।

"खैर, पीना तो मेरी आदत है। और रोज़ पीता हूं। सुना है, विनोद

साहब ने छोड़ दी है।"

"जी हां। एक वर्ष से अधिक हो गया है।"

"आर्टिस्ट इरादे के बड़े पक्के होते हैं।"

"वह बात क्या है जिसके लिए आपने मुझे बुलावा था?"

"हां, वह बात। आज दफ्तर में मेरे एक साथी ने कहा कि उन्हें एक अच्छी लड़की की आवश्यकता है। जो बी० ए० हो और अंग्रेज़ी अच्छी बोल सकती हो।"

"किसके लिए?"

"मोहन शर्मा नाम है। अभी तो मेरे ग्रेड में है। लेकिन इंजीनियर है। उसकी पत्नी टेलीफोन आपरेटर है। मोहन शर्मा अपने साले के लिए उपयुक्त लड़की चाहता है। हमारे खानदान में ऐसी लड़की नहीं। यदि कोई है तो वह फौजी अफसर को नहीं देना चाहता। विशेष तौर पर हवाई जहाज़ के हवाबाज़ को।"

"क्यों?"

"एक तो कोई भी इतना अच्छा दहेज नहीं दे सकते। दूसरे ऐसी लड़की भी नहीं।"

"उन्होंने दहेज मांगा है?"

"मांगा तो नहीं। लेकिन आप जानती हैं, घर आई लक्ष्मी को कोन ठुकराता है?"

"कितने भाई-बहिन हैं?"

"दो बहिनें हैं, दोनों की शादी हो चुकी है। अब इस पाइलट की बारी है।"

"पिता क्या काम करता है?"

"मैंने पूछा नहीं। मेरा विचार है सरकारी दफ्तर में नौकर है या रिटायर हो चुका है। यह मैं कल पता कर लूंगा। उस समय मेरे मस्तिष्क में नीलम नहीं आई। मोहन को मैंने यह कहकर टाल दिया है कि देखूंगा। घर आकर सावित्री से बात की तो उसने कहा, 'नीलम जो है।' "

"क्या रैंक है?"

"फ्लाइंग अफसर है।"

"आजकल कहां है?"

"यह भी नहीं कह सकता।"

"लड़की कोन देखेगा?"

"मोहन शर्मा और उसकी पत्नी कैलाश तो अवश्य देखेंगे। यदि बात बन गई तो लड़के के माता-पिता भी आएंगे, घर और लड़की देखने।"

"कहां के रहने वाले हैं?"

"हैं तो पाकिस्तान के, लेकिन आजकल मेरठ में हैं।"

"आप बात आगे बढ़ाइए।"

"क्या विनोद साहब मान जाएंगे?"

"दूसरे महायुद्ध में स्वयं कमीशण्ड अफसर चुने गए थे। लेकिन अचानक इनके पिताजी का देहान्त हो गया। जायदाद बहुत थी, और रिश्तेदारों को आप जानते हैं; सबके रिश्तेदार ऐसे ही होते हैं। इसलिए कमीशन न ले सके। और इनके साथी आज कर्नल और ब्रिगेडियर हैं।"

"बस, फिर ठीक है। मैं बात सिरे चढ़ा दूंगा। जीवन में यह दूसरा नेक काम होगा। वरना सारी उम्र केवल शराब पीकर हवाई किले बनाए हैं।"

"खैर, आप बात आगे बढ़ाईए।"

"मैं कल ही पूरी जानकारी ले आऊंगा। वैसे तो मोहन शर्मा का एक रिश्तेदार पड़ोस में रहता है। लेकिन मैं उसकी ज़ुबानी सुनना चाहता हूं।"

"बस, लालची न हों। वैसे तो जो लड़कियों के भाग्य में लिखा है वह नीलम ले जाएगी।"

"वह मैं जानता हूं। आपको पसे की कमी नहीं। फिर यह भी जानता हूं कि विदेशों से बहुत कुछ मंगा रखा है। यहां तक कि लड़के का स्लीपिंग सूट भी हांगकांग से आया है।"

"वह तो ठीक है। लेकिन यह मोहन शर्मा से न कहिएगा। यह तो आर्टिस्ट हैं। लड़कियों को प्यार करते हैं। और शादी बुरी न करेंगे। लेकिन

हमारे पास काले धन्धे का पैसा नहीं, जो लुटा सकें।"

"नहीं वह लालची नहीं। आखिर कैलाश की शादी हुई थी तो मोहन शर्मा केवल साढ़े तीन सौ रुपये मासिक ले रहा था।"

"वह ठीक है। लेकिन मध्यम श्रेणी में एक-आधा लड़का यदि अफसर बन जाए तो वे आशा करते हैं कि दहेज अच्छा मिले।" रीता ने कहा।

"क्यों बहिन जी?"

"ऐसी जल्दी की क्या बात है? हमारी नीलम बूढ़ी नहीं हो गई। केवल बाईस वर्ष की है। सही उम्र है न?" सावित्री ने कहा।

"जी हां?"

"यदि यह रिश्ता सिरे चढ़ गया तो मैं समझूंगा कि मैंने कोई नेक काम किया है।"

"मैं उनसे बात करूंगी।"

"आने को तो मैं आ जाता। लेकिन शराब शुरू कर दी थी, इसलिए आपको कष्ट दिया।"

"यह कष्ट नहीं। आदमी ही आदमी के काम आता है।" रीता ने नम्रता से कहा। "बस, लालची न हों। क्योंकि ब्राह्मणों में अच्छे लड़कों की कमी है और जो अच्छे हैं वे बहुत आशा रखते हैं।"

"आप चिंता न करें। यदि कोई बात हुई तो मोहन शर्मा को पकड़ लूंगा।"

"वैसे नीलम क्या कर रही है?" सावित्री ने पूछा।

"फ्रेंच भाषा सीख रही है।"

"नौकरी क्यों नहीं कराते?"

"भगवान का दिया सब कुछ है। फिर आपके आर्टिस्ट साहब नौकरी के विरुद्ध हैं।"

"वह मैं जानता हूं और रोमा, तुम कान खोलकर सुन लो। जिस दिन कैलाश या लड़का नीलम को देखने आए, जो हम उसे यहाँ इस घर में दिखाएंगे, तुम नहीं आओगी।" केवल ने कहा।

"क्यों अंकल? मैं अपने होने वाले जीजा को क्यों न देखूं?" रोमा ने कहा।

"देख लेना, जब बात पक्की हो जाए। पहले बड़ों को देखने दो। फिर बच्चों का नम्बर आएगा।"

"मैं तो अवश्य देखूंगी।"

"रिश्ता होने के बाद।"

"पहले क्यों नहीं?"

"अब भाभी, आप ही इसे समझाइए। रोमा, तुम बाहर जाओ।" केवल बोला।

"जाओ बेटी।" रीता ने कहा।

रोमा चली गई। लेकिन वह दरवाज़े के पास खड़ी होकर बातें सुनने लगी। वह हैरान थी कि उसे क्यों निकाल दिया गया है।

"बात यह है भाभी।" केवल ने आवाज़ दबाईं। यह आवाज तीसरे कमरे तक जा सकती थी। "रोमा नीलम से अधिक सुन्दर है। उन्होंने रोमा को देख लिया तो ऐसा न हो कि रोमा को ही मांग लें।"

"बात तो आप ठीक कहते हैं।" रीता बोली।

"यह बात नहीं कि नीलम में कोई खराबी है। लेकिन चुनाव का प्रश्न आता है तो नीलम दो नम्बर पर आती है। क्यों सावित्री?"

"यह बात ठीक है। पहले बड़ी की शादी हो, फिर छोटी की।" सावित्री ने कहा।

"ऐसा ही होगा। एक बात और। लड़का पाइलट है या इंजीनियर या डॉक्टर?"

"मेरे विचार में पाइलट है।"

"अच्छा, आप आगे बात करें। अब मैं चलती हूं। खाने का समय हो गया है।"

"अभी तो केवल नौ बजे हैं।" केवल बातों के मूड में था।

"जब से उन्होंने ह्विस्की बंद की है, खाना जल्दी खा लेते हैं।" कहकर

रीता खड़ी हो गई। "मैं कल शाम को आऊंगी। बाकी बातें कल करेंगे।"

"बेहतर" केवल ने गिलास मुंह को लगाया। कमरा देसी शराब की महक से भरा हुआ था।

"रोमा।" रीता ने आवाज़ दी।

रोमा फौरन आ गई और बोली, "आओ चलें।"

"मैं बाहर तक आता हूं, बल्कि कुछ दूर तक छोड़ आता हूं। प्राण सिनेमा देखने गया है। वरना वह आपको घर तक छोड़ आता।"

"ऐसी कोई बात नहीं। मैं पहले ही गहने उतार आई हूं।" रीता ने कहा। "अच्छा नमस्ते।"

"बाहर तक तो चलता हूं।" केवल ने सिगरेट सुलगाते हुए कहा।

वे बाहर आ गए। केवल ने कोई बात करनी चाही, तो सावित्री ने टोक दिया:

"आप जानते हैं पड़ोस में कौन रहता है?"

"ओह हां। मैं तो भूल ही गया था।"

"अच्छा बहिनजी।"

"नमस्ते अंकल। नमस्ते आंटी।"

"आप जा रहे हैं?" रूपा ने कहा।

"हां।"

"खाना तैयार है आंटी।"

"वहां भी तैयार है।"

रीता बड़ी मुश्किल से जान छुड़ाकर रोमा को लेकर चल दी।

"क्या बात हुई?" रोमा ने कहा।

"तुमने सब तो सुन ली है।"

"मुझे निकाल दिया था।"

"मैं जानती हूं तू दरवाज़े के साथ खड़ी सब बातें सुन रही थी। अब पूछने का क्या लाभ?"

रोमा हंस दी।

“वेतन क्या होगा?”

“मैं कह नहीं सकती। पापा बेहतर जानते हैं। शष कल पता चल जाएगा। लेकिन मेरा विचार है एक हज़ार से अधिक होगा।”

“फिर तो ठीक है।”

“संयोग मिलते हैं तो इसी तरह मिलते हैं। तुम्हारे पापा इसे पसंद नहीं करते और आज यह ही हमारे काम आ रहा है।” रीता ने कहा।”

“दयाल अंकल भी तो कोशिश कर रहे हैं।”

“उन पति-पत्नी की बात छोड़ो। वे प्रथम दरजे के कानूनी हैं। कभी काम न आएंगे। मैं दो बार हस्पताल में रही। क्या तुम्हारी आंटी मिलने आई? वे केवल मांगना जानते हैं। यह दे दो, वह दे दो। ब्याह के दिन थैला लाएगी। उसमें मिठाई और फल भरकर ले जाएगी।” रीता ने कहा।

घर आ गया था। ज़ीना चढ़ने से रीता की सांस फूल गई।

“आ गई... ?”

“तनिक ठहरिए। रोमा, एक गिलास पानी दो...।”

“उन्होंने पानी भी नहीं दिया?”

“जी नहीं। तेज़-तेज़ चलकर आई हूं, इससे सांस उखड़ गई है।”

“क्या बात थी... ?”

“मैं तो कहती थी न, कि कभी-कभी खोटा सिक्का भी चल जाता है। खोटे सिक्के ने रिश्ता बताया है।”

“क्या काम करता है लड़का?”

“फ्लाइंग अफसर है।”

“फ्लाइंग अफसर इसके सर्किल में कहां से आ गया? कहीं कारपोरल तो नहीं... ?”

“अब आप हर बात का मज़ाक बनाते हैं। वह बाकायदा पाइलट है...”

“खूब! और पिता क्या काम करता है?”

“ये बातें कल पता चलेंगी।”

“ठीक है!”

"वैसे पाइलट का जीवन खतरनाक तो बहुत है?"

"खतरनाक तो सड़क पर चलना भी है। क्या हवाबाज़ों की शादियां नहीं होतीं? मेरा मित्र बलदेव एयर कमोडोर रिटायर हुआ है। वह भी इसलिए कि शराब बहुत पीता था। वरना एयर वाइस मार्शल बन जाता।..."

"आप इस रिश्ते के पक्ष में हैं?"

"पहले घर देख लें।"

"और लड़का?"

"इसकी चिंता न करो। मैं जानता हूं हवाई फौज के सारे हवाबाज़ बहुत स्मार्ट होते हैं।" सर्विसेज़ सेलेक्शन बोर्ड ने देख लिया है, हमारे देखने की आवश्यकता नहीं।"

"आखिर खोटा सिक्का काम आ ही गया।"

"धबराओ नहीं...मैं इसे उपहार दूंगा।"

"उपहार तो वे भी देंगे।"

"शादी पर?"

"हां...।"

"मैं और तरह का दूंगा। लेकिन तुम अभी बात न करना...।" मैंने कहा।

"बेहतर।"

"आओ। खाना खा लें। आज तो जी करता है ह्विस्की पी लूं।" मैंने कहा।

"अब छोड़ हुए एक वर्ष से अधिक हो गया। क्या अब भी ख्याल आता है?"

"कभी-कभी।"

"हिकी की बात छोड़िए। खाना खा लीजिए।"

"पहली लड़की की शादी शौक से भी की जाती है और इसके साथ यह भी आभास होता है कि बेटी चली जाएगी। घर खाली-खाली हो जाएगा।"

"अब लड़कियों को तो अपने घर जाना ही है।" कहकर रीता उठ

खड़ी हुई।

रसोईघर में दोनों बहिनें बातें कर रही थीं। हमारी आवाज़ सुनकर चुप हो गईं।

उस रात देर तक ब्याह की बातें होती रहीं। और आखिर सबको नींद आ गई।

अगले दिन हमारे जाने की आवश्यकता न पड़ी। केवल ने मोहन शर्मा पर रोब डाल दिया था कि उसके सर्किल में लखपती भी हैं और वह शाम को ही आ धमका।

"क्या बात है? आज यों ही बैठे हो।" केवल ने निःसंकोच कहा। और मैंने बुरा नहीं माना, आखिर वह आयु में मुझसे बड़ा था।

"ऐसे ही।"

"इसका मतलब है सचमुच आपने छोड़ दी है।"

"जी हां।"

"फिर रात कैसे बीतती है?"

"बस, कट जाती है। नींद की एक गोली खा लेता हूं। वैसे आप चिंता न करें। घर में शराब पड़ी है।"

"रीता।" मैंने पुकारा।

रीता आ गई।

"केवल साहब को गिलास और बोतल दे दो।"

"आप तो नहीं पी रहे हैं?"

"बिल्कुल नहीं।"

"फिर ठीक है।" कहकर रीता बोतल, गिलास और पानी की बोतल ले आई।

"भाभी, आपके घर इतनी बार पी है। लेकिन आप भूल जाती हैं। मैं ह्विस्की में सोडा या पानी नहीं डालता। केवल बर्फ डालता हूं।"

"अभी लाई।"

"आपसे भाभी ने बात की होगी?"

"जी हां। थोड़ी-सी की थी।"

"मैंने मोहन शर्मा से आज दफ्तर में बात की थी। वह और उसकी पत्नी इतवार को हमारे घर आ रहे हैं। सुबह दस बजे। आप नीलम को भेज दें।"

"और रीता?"

"भाभी की अभी आवश्यकता नहीं।"

"अच्छा। और बताइए।"

"पूछिए।"

"पिता क्या काम करता है?"

"सरकारी नौकर था। अफसर नहीं था। अब रिटायर हो चुका है। मेरठ में अपना मकान है। दो लड़कियां हैं। आपकी फैमिली की भांति फैमिली है—दो लड़कियां और एक लड़का। दोनों लड़कियां ब्याही हुई हैं। लड़का हवाई सेना में है। ग्यारह-बारह सौ रुपये मासिक कमा रहा है।"

"इतना ही वेतन होगा। तीन सौ रुपये तो फ्लाइंग एलांउस मिलता है और हवाई फौज की एक बात यह भी अच्छी है—ये जहां भी हों, फैमिली रख सकते हैं। थल सेना की भांति नहीं। आज आसाम और नेफा में हैं तो कल लद्दाख और कश्मीर की बर्फ में हैं; इसके बाद राजस्थान का मरुस्थल है। तीन वर्ष फ्रंट पर रहना पड़ता है और तीन वर्ष फैमिली स्टेशन मिलता है। लेकिन हवाई फौज का हर अड्डा फैमिली स्टेशन है।"

"खैर, मैं इतनी बातें नहीं जानता।"

"तो इतवार को वह लड़की देखेंगे?"

"जी हां।"

"फिर?"

"फिर हम मेरठ जाएंगे, और इनका घर देखेंगे। और लड़के के पिता से मिलेंगे।"

क्या यह ज़रूरी है?"

"क्यों नहीं।" रीता बोली, "लड़की देना है। घर तो देख लें।"

"ठीक है। मैं, रीता, आप, भाभी और सरोज चलेंगे। प्राइवेट टैक्सी ले लेंगे। एक बजे खाना खाकर चलेंगे और चार-साढ़े चार बजे लौट आएंगे।"

"तो आप नीलम को साढ़े नौ बजे मेरे घर भेज दें।" केवल ने गिलास खाली किया।

"भेज दूंगा।"

"लड़का नहीं देख सकते?" रीता ने कहा।

"क्यों नहीं? पहले आरम्भिक कार्रवाई हो जाए। फिर लड़का दो-चार दिन की छुट्टी लेकर आ जाएगा और नीलम उसे देख लेगी, वह नीलम को देख लेगा।" केवल गिलास भरने लगा।

"ठीक है।" मैंने कहा।

"यदि यह बात सिरे चढ़ गई तो मैं समझूंगा कि मैंने भी जीवन में कोई नेक काम किया है।"

"आपने हर काम नेक किया है।" मैंने मुस्कराकर कहा। "ह्विस्की पीने वाले बड़े दिल के मालिक होते हैं।"

"यह तो आप कह सकते हैं।" कहकर केवल ने सिगरेट का पैकेट खोला। लेकिन वह खाली था।

"अरुण कहां हैं?" मैंने रीता से कहा।

"पढ़ रहा है।"

"उसे कहो एक पैकेट सिगरेट ले आए। यह खाली पैकेट ले जाओ।"

"मैं पैसे देता हूं।" कहकर केवल ने जेब में हाथ डाला।

"रहने दीजिए।" मैंने कहा और रीता चली गई।

"आप भी सिगरेट पिया करते थे?"

"बहुत। अस्सी सिगरेट रोज़।"

"यानी आठ पैकेट?"

"जी हां।"

"फिर छोड़ कैसे दी?"

"जैसे ह्विस्की छोड़ दी। अब तो चार वर्ष हो गए हैं। एक दिन जी में आया और सिगरेट, ह्विस्की, अण्डा, मछली सब कुछ छोड़ दिया। बाद में ह्विस्की शुरू कर ली। बाकी नहीं।"

"बड़ा दृढ़ संकल्प है!"

"अभी तो है।"

"पान कितने खा लेते हैं?"

"यही आठ-दस...।"

"वह भी अधिक नहीं है।"

"दांत खराब करते हैं। यद्यपि दिन में दो बार टुथपेस्ट करता हूं।"

सिगरेट आ गई थी।

"अरुण कौन-सी क्लास में है?"

"हायर सेकेण्डरी में।"

"आपने सरोज की नौकरी की कोशिश नहीं की?" केवल ने अवसर का लाभ उठाना चाहा।

"मेरा वास्ता प्रकाशकों से पड़ता है, और वे लड़कियों को नौकरी में नहीं रखते।"

"लेकिन आपकी पहुंच तो बहुत है। रूपा कहती थी कि आप मिनिस्टरों को जानते हैं।"

"रूपा ठीक कहती है। मैं मिनिस्टरों को जानता हूं। लेकिन मुझ नहीं जानते। दोनों में अन्तर है।"

"फिर भी कोशिश कीजिए।" केवल ने फिर कहा।

"मैंने सुना था कि वह किसी बैंक में नौकर हो गई है।" मैंने कहा।

"वह अस्थायी नौकरी थी। केवल तीन मास के लिए।"

"आपने रूपा को कॉलेज में दाखिल नहीं कराया?"

"उसकी पढ़ाई की ओर ध्यान है ही नहीं।"

"फिर शादी कर दीजिए।"

"अभी कोई तैयारी नहीं है। प्राण की शादी की थी, अभी वह कर्ज़ा

भी सिर पर है।"

"प्राण तो ठीक काम कर रहा है?"

"प्राण तो ठीक काम कर रहा है, लेकिन आप जानते हैं, छोटी फर्में अधिक तनख्वाह नहीं देती हैं।"

"यह तो है।"

"भाभी, थोड़ी बर्फ और लाओ।"

"अभी लाती हूं।" कहकर रीता गई और बर्फ ले आई।

"मोहन शर्मा की पत्नी का क्या नाम बताया था?" रीता ने आकर कहा।

"कैलाश?"

"वह कितना पढ़ी है?"

"बी० ए० है।"

"क्या अंग्रेज़ी बहुत अच्छी जानती है?"

"इतनी जितनी एक टेलीफोन ऑपरेटर जानती है।"

"लड़का शायद कान्वैंट की पढ़ी लड़की चाहता हो?" रीता ने कहा।

"नहीं। यह मैंने पूछ लिया था। भाभी, वे हमारी ही तरह हैं, और आप तो उनके मुकाबले में बहुत अधिक अमीर हैं। वे यह घर देखेंगे तो चकरा जाएंगे। मोहन एक कमरे में पत्नी और बच्चों के साथ रह रहा है। उसे अभी क्वार्टर भी अलाट, नहीं हुआ। यह मकान, जो कोठी से कम नहीं, देखेगा तो होश उड़ जाएंगे।"

इतने में टेलीफोन की घंटी बज उठी।

"देखो रीता, कौन है? यदि मेजर पुरी हुए तो कह देना, मैं घर पर नहीं हूं।"

"अब तो उन्हें पता चल गया है कि आपने छोड़ रखी है।" रीता ने हंसकर कहा और फोन उठाया। "जी नहीं गलतनम्बर है।" कहकर फोन रख दिया।

"एक फोन मैं भी कर लूं।" केवल ने कहा।

"अवश्य।"

केवल ने अपने दफ्तर फोन किया और किसीसे पूछा कि मोहन शर्मा के घर का फोन नम्बर क्या है? पूछकर उसने मोहन शर्मा को फोन किया।

"मोहन! मैं केवल बोल रहा हूं, विनोद साहब के घर से। इतवार का पक्का रहा? ठीक दस बजे आ जाना। मैं और आप लड़की देख सकते हैं। इन्हें कोई आपत्ति नहीं। और अगला इतवार हम मेरठ जाएंगे। तुम पिताजी को पत्र लिख देना।"

फिर इधर-उधर की बातें होती रहीं और फोन बन्द हो गया।

"मोहन शर्मा के घर फोन है?"

"हूं।"

बोतल आधी खाली हो गई थी।

"खाना खाएंगे।" मैंने केवल से कहा।

"नहीं...बस, एक पेग और पीऊंगा। फिर घर जा रहा हूं।" केवल ने कहा।

"अभी तो बोतल और रात बाकी है।"

"फिर अधिक हो जाती है।"

"आप नीट क्यों पीते हैं?"

"बस, आदत पड़ गई है।"

इस बार केवल ने अपना कहा पूरा किया। दो-तीन बार फिर कहा कि यदि यह बात सिरे चढ़ गई तो वह स्वयं को भाग्यशाली समझेगा। इसके बाद पेग समाप्त किया और चला गया।

हम खाना खाने लगे।

"अब आपको हर समय शराब घर में रखनी होगी।" रीता ने कहा।

"मैं जानता हूं।"

"घर बैठे रिश्ता मिल गया।"

"ऐसी बात नहीं। मैंने कई लड़के देखे हैं।"

"लेकिन बात अब बनी है।"

"हां। यह बात अलग है।"

"पापा, पाइलट का जीवन तो खतरों से भरा है।" रोमा ने कहा,

नीलम भी बैठी खाना खा रही थी। उसके कान काम कर रहे थे। यद्यपि दृष्टि नीची थी।

"बेटा, आज की दुनिया में फुटपाथ पर चलना भी खतरे से खाली नहीं। इसके विपरीत ऐसे पाइलट भी हैं जो एयर चीफ मार्शल बन जाते हैं। उन्हें हवाई फौज में भरती हुए पैंतीस-पैंतीस वर्ष हो जाते हैं। खतरा है तो तनख्वाह भी उतनी ही अधिक है। फिर क्लब है। आफीसर्स मेस है। इनका भी तो आकर्षण है। इनके अतिरिक्त सिविल लाइफ में बहुत कम लड़के हैं जो चौबीस-पचीस वर्ष की आयु में एक हज़ार रुपया तनख्वाह लेते हैं। मैंने समझाया, "और ये क्लास वन अफसर हैं। इनकी भी शादियां होती हैं। सिविल एयर लाइन्स के विमानों के साथ दुर्घटनाएं हो जाती हैं, लेकिन लोग फिर भी विमानों द्वारा यात्रा करते हैं।"

"पाकिस्तान से युद्ध तो न होगा?"

"अभी नहीं। जब से बंगला देश बना है, पाकिस्तान इतनी जल्दी युद्ध के लिए तैयार नहीं होता। बल्कि मैत्री के सम्बन्ध हो जाएंगे।"

"आप कितना खर्च कर रहे हैं?" रीता ने प्रश्न किया।

"अजीब सवाल है। पहले इनका घर देख लें। इसके बाद सोचेंगे। वैसे स्कूटर या इस प्रकार की कोई वस्तु देने का प्रश्न ही नहीं है।"

"स्कूटर तो अफसरों के पास आम हैं।"

"हां।"

"फिर भी दहेज तो अच्छा देना पड़ेगा।"

"वह तुमने बना लिया है या धर्म की वजह से बन गया है।

विदेशों से जो वह माल लाता रहा है, इनमें से कुछ तो ऐसा है, जो वहां बहुत अमीर लोगों के पास भी नहीं है।"

"यह तो ठीक है।"

"बस, फिर इतवार तक प्रतीक्षा करो।"

इतवार कौन-सा दूर था। कुछ दिन बाद इतवार आ गया। मैं बैठा

अखबार पढ़ रहा था कि रोमा आई।

"पापा, हम जा रहे हैं।"

"हमसे क्या तात्पर्य? क्या तुम भी जा रही हो?"

"जी हां।"

"लेकिन तुम्हारे अंकल ने तो मना किया था?"

"मैं रूपा के साथ भाभी के कमरे में रहूंगी।"

"मैं तुम्हारी बेचैनी समझता हूं, लेकिन तुम न जाओ तो बेहतर है।"

"आप चिंता न करें।"

संतान जब सयानी हो जाती है तो उससे बहस में जीतना आसान नहीं। इसलिए मैं चुप हो गया।

"तो जाएं?"

"क्या बजा है?"

"साढ़े नौ।"

"अच्छा, जाओ।"

नीलम ने हलके रंग का सूट पहन रखा था। रोमा ने विदेश से आया हरा सूट पहन रखा था। वे चले गए तो रीता आ गई।

"भगवान करे बात सिर चढ़ जाए।"

"इसके लिए समय लगेगा। आज लड़के की बहिन और बहनोई आ रहे हैं। इन्हें पसन्द आ गई तो मेरठ जाना है। यदि मेरठ में लड़के का घर पसन्द आ गया तो फिर लड़का लड़की को देखेगा। अभी बहुत-सी मंज़िलें हैं।"

"जीवन-भर मित्र ही काम आए हैं। रिश्तेदार तो किसी काम के नहीं।"

"मैं जानता हूं।"

रोमा और नीलम केवल के घर पहुंचे तो केवल ने कहा, "रोमा, तुम फिर आ गईं। तुम्हें तो मना किया था।"

"अंकल, मैं भाभी के कमरे में छुप जाऊंगी।"

"अब आ गई है तो ठीक है।" सावित्री ने कहा।

ठीक दस बजे मोहन शर्मा और कैलाश आ गए।

सरोज ने चाय और खाने का सामान तैयार कर रखा था। नीलम उसके साथ रसोईघर में थी। और उसकी वही दशा थी जो एक प्रार्थी की होती है जब वह नौकरी के लिए इण्टरव्यू देने जाता है।

वे सब बैठक में गए।

"लड़की आ गई?" कैलाश ने कहा।

"हां।"

"कहां है?"

"पहले चाय तो पी लो। लड़की भी दिखा देते हैं।" केवल ने कहा, "तुम्हारी तो किस्मत खुल जाएगी, यदि वहां रिश्ता हुआ। विनोद साहब तो मानते ही नहीं थे। बड़ी मुश्किल से राज़ी किया है।" केवल यह बात दफ़्तर में भी हर रोज़ कहता रहा था। "सचमुच यह काम विनोद के बस का न था। वह तो केवल तस्वीर बना सकता था।"

"अपना मकान है न?" मोहन शर्मा ने कहा।

"अपना है और तीन मंज़िला है। पहली मंज़िल किराये पर दे रखी है। तीन सौ रुपये किराया आता है। किरायेदार पुराना है। वरंना आजकल तो चार-साढ़े चार सौ मिल जाएं।" केवल ने नया सिगार सुलगाया। वह सेहरा अपने सिर बांधना चाहता था और एक क्लर्क दूसरे क्लर्क को अच्छी तरह समझता है।

"लड़की अंग्रेज़ी बोल लेती है?" कैलाश ने कहा।

"तुमसे बेहतर।" केवल ने कहा, "मैं जानता हूं तुम कितनी अंग्रेज़ी बोल सकती हो।"

अब कैलाश चुप हो गई।

ऐसी सख्त बात नहीं कह सकता था।

"खाना बना लेती है?" मोहन ने पूछा।

"बहुत अच्छा। कभी उसके हाथ का बना मीट खाकर देखो।"

“वे मीट खाते हैं?”

“अब कौन नहीं खाता। कुछ छुपकर खाते हैं और कुछ खुलकर खाते हैं। तुम प्राण की शादी की पार्टी में नहीं आए। वरना उस दिन विनोद से मिलवा देता। बहुत कम बोलता है। असल में पैसे वाला सदा कम बोलता है। वह कभी नहीं कहता कि उसके पास पैसा है।” केवल ने कहा और रूपा को आवाज़ दी।

रूपा आई।

“रूपा। चाय लाओ।”

“अभी लाई डैडी।” कहकर वह चली गई।

“रूपा भी सयानी हो गई है।”

“अभी कहां? पिछले साल हायर सेकेण्डरी पास किया है।” केवल ने कहा। वह अपनी बेटी की बात न सुन सकता था।

फिर दफ्तर की बातें होने लगीं। दस मिनट बाद रूपा, सरोज और नीलम भीतर आ गईं। चाय और खाने का सामान इनके हाथों में था।

कैलाश नीलम को सिर से पांव तक देख रही थी।

चाय चुन दी गई तो केवल ने कहा :

“सब बैठ जाओ।” हर कोई बैठ गया।

“आपने तो बहुत कुछ बना डाला। हम कोई दूर से तो नहीं आए हैं।” मोहन ने कहा।

“खैर, अब शुरू करो।” केवल ने कहा “नीलम बेटी! यह मोहन शर्मा हैं। मेरे साथ काम करते हैं। और यह कैलाश। इनकी पत्नी है।”

नीलम ने दोनों को हाथ जोड़ दिए।

सावित्री ने उठकर पर्दा खींच दिया।

“पड़ोस में तुम्हारे रिश्तेदार हैं। उनसे तो मुलाकात नहीं हुई?” केवल ने पूछा।

“नहीं।”

“अभी चर्चा न करना कि तुम लड़की देखने आए थे।”

"आप चिंता न करें।" मोहन ने कहा। वह केवल से आयु में बहुत छोटा था। मुश्किल से बत्तीस-तैंतीस वर्ष का होगा।

"आपने कौन-से कॉलेज से बी० ए० किया है?" कैलाश ने नीलम से पूछा।

"इन्द्रप्रस्थ।"

"बड़ा अच्छा कॉलेज है। मैं भी वहां से करना चाहती थी।" कैलाश ने अंग्रेज़ी में कहा!

"लेकिन वहां दाखिला नहीं मिला।"

"विनोद साहब की बहुत जान-पहचान है। वजीरों को भी जानते हैं।" केवल ने कहा, "इनके सारे प्रकाशक लखपती हैं। इसलिए स्वयं भी लखपती हैं। फिर दिल्ली जैसे शहर में अपना मकान होना मामूली बात नहीं। कार के सिवा घर में सब कुछ है। विनोद साहब की जुराबें, रूमाल और टाइयां तक बाहर से आती हैं। इनका एक मित्र एयर लाइन्स में है। वह लाता है।" केवल कूद पड़ा।

"बी० ए० कब किया था?" कैलाश ने फिर अंग्रेज़ी में पूछा। आगे भी बात की। वह जानना चाहती थी कि नीलम को अंग्रेज़ी आती है या नहीं।

नीलम ने फिर हिन्दी में उत्तर दिया।

"दो वर्ष हुए।"

"क्या-क्या विषय थे।" कैलाश ने अंग्रेज़ी में पूछा। इस बार नीलम चिढ़-सी गई। उसने भी अंग्रेज़ी में उत्तर देना शुरू किया तो कैलाश अपनी अंग्रेजी भूल गई।

"क्यों, क्या विचार है!" केवल ने हंसकर कहा, "तुम्हें बहुत शौक है अंग्रेज़ी बोलने का। अब अंग्रेज़ी में ही बात करो।"

लेकिन कैलाश के पास अब कोई प्रश्न न रह गया था।

चाय समाप्त हुई। मोहन शर्मा चाय पीता था तो आवाज़ आती थी; वरना किसीकी आवाज़ न आती थी।

"बस, ठीक है। मैं आज ही पत्र लिख देती हूं और मेरा विचार है

वीरवार तक जवाब आ जाएगा।" कैलाश ने कहां।

"इसका मतलब है, तुम्हें नीलम पसन्द है।"

"लेकिन पिताजी इनके पापा से मिलना पसन्द करेंगे।" मोहन ने कहा।

"ठीक है। हम समय तय कर लेंगे। दोपहर का खाना खाकर कार में आएंगे। आप जगह बता दें। हम वहां पहुंच जाएंगे।" केबल ने रौब डाला।

"मैं जगह बता दूंगा। और आप सब लोगों की प्रतीक्षा करूंगा। फिर आगे ले जाऊंगा।"

"ठीक है। हम एक-सवा बजे चलेंगे। और मेरा विचार है डेढ़ घण्टे में पहुंच जाएंगे। इतवार को जी० टी० रोड पर इतना ट्रैफिक नहीं होता।"

"विनोद साहब की अपनी कार है?"

"नहीं, जिस प्रकाशक से कहेंगे वह कार भेज देगा।" केवल ने पूर्ण रूप से रौब डाला। वह जानता था कि मोहन एक कमरे में रह रहा था।

"खैर, ठीक है। वीरवार या शुक्रवार को मैं दफ्तर में प्रोग्राम बनाऊंगा। हम शनिवार की शाम को बस से चले जाएंगे।"

"तुम और कैलाश वहां होंगे?" केवल ने पूछा।

"क्यों नहीं?" कैलाश ने कहा, "हमारा होना तो ज़रूरी है। वरना पिताजी बूढ़े हो गए हैं। माताजी का स्वास्थ्य भी वैसे ही ठीक नहां रहता, और घर में कोई नहीं।" कैलाश ने कहा...।

"बस, ठीक है।" कहकर मोहन खड़ा हो गया,कैलाश भी खड़ी, हो गई। इसके साथ ही सेण्टर टेबल हिली और एक गिलास गिर पड़ा और चकनाचूर हो गया।

"ओह! मेरी गलती से हुआ।" कैलाश कुछ लज्जित-सी हो गई।

"कोई बात नहीं।" सावित्री ने कहा।

"मैं कांच समेट दूं?" कैलाश ने कहा।

"तुम चिंता न करो। सरोज समेट देगी।" सावित्री ने कहा।

और वे लोग चले गए।

"मेरा विचार है, बात बन गई।" सावित्री ने कहा और मुस्करा दी।

"बात कैसे नहीं बनेगी? आखिर हम एक ही दफ्तर में काम करते हैं। मैंने कहा था न कि..."

इतने में दरवाज़े पर दस्तक हुई और केवल चुप हो गया।

"आ जाओ।" सावित्री ने कहा।

कैलाश भीतर आ गई।

"कुछ भूल गई हो?" केवल ने पूछा।

"हां। नीलम, ज़रा खड़ी होना।"

नीलम खड़ी हो गई। कैलाश उसके साथ खड़ी हो गई। नीलम एक इंच लम्बी थी।

"कद नाप रही हो?" केवल ने कहा।

"हां।" कैलाश ने कहा।

"बड़े शौक से नाप लो। फीता दूं?"

"अंकल, पांच फुट तीन इंच है।" नीलम ने कहा।

"बस, ठीक है।" कहकर कैलाश चली गई।

सावित्री ने पति को इशारा किया कि वह भी बाहर चला जाए ताकि वे पड़ोसी से बात न कर रहे हों। केवल सिगरेट का कश लेता हुआ बाहर गया और इन्हें पचास कदम तक छोड़ आया।

"नीलम पसन्द आई?" केवल ने पूछा।

"मुझे तो पसन्द है। अब पिताजी इनका घर देखेंगे और सुदेश को भी पसन्द आ जाएगी। उसने सारी बात मुझपर छोड़ रखी है।"

"ऐसा रिश्ता फिर न मिलेगा।" केवल ने कैलाश से कहा।

"आप चिंता न करें। पिताजी-लड़की नहीं देखेंगे, वह केवल घर देखना चाहते हैं।"

"घर क्या कोठी है। घर देखोगी तो सोचोगी कि किसीदक्षिणी दिल्ली

की कॉलोनी की कोठी में बैठी हो। दो-दो सोफे हैं। रेडियोग्राम है। तीन बहिन-भाई हैं, और तीनों का अपना-अपना ट्रांज़िस्टर है, टेलीविजन है, फ्रिज़ है, गैस है, फोन है।"

"ड्राइंग रूम में एक हज़ार का तो कालीन होगा।" केवल ने जाल पूरे ज़ोर से फेंका ताकि कैलाश हाथ से न निकल जाए।

"विनोद और रीता का अपना बेडरूम है। बच्चों का अपना बेडरूम है। डाइनिंग रूम अलग है। सारा घर स्टेनलेस स्टील के बर्तनों से भरा है, जो सौ से अधिक होंगे।"

"अच्छा। अब आराम करें।" मोहन ने कहा।

"घर तक छोड़ आऊं?"

"नहीं, नहीं...।"

"अच्छा। कल दफ्तर में मिलेंगे।" कहकर केवल लौट आया। वह मुस्करा रहा था।

"आप मुस्करा रहे हैं?" सावित्री ने कहा।

"कैलाश विनोद का घर देखना चाहती है।"

"पहले इनका मेरठ का घर देख लें।" केवल ने कहा, "चलो नीलम, तुम्हें घर छोड़ आएं।"

"रोमा को भी ले लें।"

"रोमा भी आई है?" केवल भूल गया था।

"जी हां।"

"उसे तो मना किया था?"

"लेकिन वह रुक न सकती थी। पिछले दरवाज़े से आ गई और भाभी के कमरे में है।"

केवल को याद आ गया कि उसने रोमा को मना किया था तो रोमा ने कहा था कि वह भाभी के कमरे में बैठी रहेगी।

"तो बुलाओ।"

लेकिन बुलाने से पहले ही रोमा भीतर आ गई। "अंकल, मैंने परदे के पीछे खड़े होकर सब कुछ सुन लिया है।" रोमा ने हंसकर कहा।

"खैर, आज तो कोई बात नहीं। जिस दिन लड़का आएगा उस दिन ऐसा न करना।"

"जी।"

"मेरा विचार है, बात बन जाएगी।" सावित्री ने कहा।

"लड़के वालों की ओर से तो 'हां' है। लेकिन विनोद साहब भी मान जाएं तो। मुझे शक है कि मेरठ में जो घर है उसमें कोई खास चीज़ नहीं।"

"अंकल, लड़के का नाम क्या है?"

"वह तो मैंने पूछा ही नहीं। शायद सुदेश है। खैर, तुम्हारे घर चलते हैं। वहां फोन पर बात करेंगे।"

"और आजकल कहां है?"

"यह भी नहीं पूछा।"

"वाह अंकल, आप भी कमाल करते हैं। ये बातें तो बहुत जरूरी थीं।"

"खैर, लड़के का नाम हवेलीराम या रामरखामल नहीं होगा। कोई अच्छा नाम ही होगा। आओ चलें।" केवल ने कहा।

"अच्छा आंटी। भाभी और रूपा, आप लोग कब आ रहे हैं।" रोमा ने कहा।

"अगले इतवार इकट्ठे होंगे।" सावित्री ने कहा।

"भाभी जाएंगी?"

"क्यों नहीं? मैं, सावित्री और सरोज जाएंगे। उधर से तुम्हारे पापा और मम्मी।"

"और मैं?" रोमा ने धीरे से कहा।

"तुम अभी नहीं जाओगी। रिश्ता हो जाएगा। फिर जाना।"

"फिर तो शादी के बाद ही जा सकेंगे।

नीलम, रोमा और केवल चल दिए।

रास्ते-भर वे कैलाश का मज़ाक उड़ाते रहे और हंसते रहे। रोमा

अधिक बोल रही थी। नीलम केवल हंस रही थी।

"अंकल, सचमुच कैलाश बहुत अंग्रज़ी बोलती है।"

"बी० ए० है।"

"कौन-से कॉलेज से?"

"लेडी श्रीराम कॉलेज से।"

"वह तो बड़ा अच्छा कॉलेज है। फिर भी इन्द्रप्रस्थ के मुकाबले का नहीं।" रोमा ने कहा।

"वहां फैशन परेड होती है।" नीलम ने कहा।

"मैंने तो बहुत कुछ सुना है। यहां तक सुना है कि कुछ लड़कियां सिगरेट पीती हैं।" रोमा ने कहा।

"पीती होंगी। एक कॉलेज की लड़कियां तो ह्विस्की का एक घूंट भरकर क्लास में जाती हैं ताकि आंखों के डोरे गुलाबी हो जाएं।" नीलम ने कहा।

"कौन-से कालेज की?"

"नाम नहीं बताऊंगी। आप स्वयं ही समझ जाइए।"

घर आ गया था।

रीता और मैं बड़े आतुर थे। रीता कई बार कह चुकी थी कि बड़ी देर लगा दी। इन्हें जब देखा उसने तो सुख की सांस ली।

"क्यों?" रीता ने प्रश्न किया।

"मज़ा आ गया। बात पक्की ही समझिए। आर्टिस्ट साहब, पहले एक पेग दीजिए।"

"दिन में भी?"

"मेरा आज ओवर टाइम था। मुझ वह छोड़ना पड़ा।" केवल ने अहसान जताया। केवल की कमज़ोरी ह्विस्की थी और बेहद बातूनी था, वरना और कोई बुराई न थी। दिल का साफ था। छल-कपट से बहुत दूर था। बिल्कुल साधारण स्वभाव का था। रिश्ते की बात अलग थी लेकिन अब मुझे केवल अच्छा लगने लगा था।

"अंकल, पहले फोन कीजिए।"

"हां, हां। क्या नम्बर है?"

रोमा ने नम्बर बताया। उसने मोहन शर्मा का नम्बर ज़ुबानी याद कर रखा था।

केवल ने नम्बर मिलाया।

"मोहन पहुंच गए?"

"जी हां।"

"मैं दो बातें पूछना भूल गया।"

"अब पूछ लीजिए।"

"लड़के का नाम क्या है?"

"सुदेशकुमार।"

"लड़कियों का नाम है। आजकल लड़के और लड़कियां एक ही नाम रखते हैं। निर्मल, परवेश और इसी तरह के अनेक नाम हैं ख़ैर, आजकल कहां है?"

"पंजाब में जालंधर के पास आदमपुर हवाई अड्डा है।" मोहन शर्मा ने कहा।

"मैंने नाम सुना है। अच्छा, बस, इतना ही पूछना था।"

"अंकल, यह भी पूछ लीजिए कि वह कब आ सकता है।"

"मोहन, सुनो। सुदेश कब आ सकता है?"

"जब बुलाएंगे। उसका क्या है, हवाई जहाज़ में आ जाएगा। वह अक्सर दिल्ली आता रहता है।"

"अच्छा, कल दफ्तर में मिलेंगे।"

फोन बन्द हो गया।

"भाई साहब, क्या बना?" रीता ने पूछा।

"बनना क्या था? पहले पेग दो।"

रीता पग ले आई। मैं पान चबा रहा था।

"हां, अब सुनाइए।"

"नीलम पास हो गई। कैलाश को तो पसन्द आ गई। शेष मां-बाप यह कोठी देखेंगे तो हां कह देंगे। और लड़काभी मान जाएगा। मैं यह रिश्ता सिर चढ़ाकर छोड़ूंगा वरना मोहन शर्मा का जीना हराम कर दूंगा।" केवल ने कहा।

"हुआ क्या?"

"मामा, मैं बताऊं।" रोमा ने कहा।

"तू सब सुन रही थी?"

"आंटी ने पर्दा खींच दिया था। मैं और भाभी परदे के पीछे खड़ी थीं।"

"तू बहुत शरारती है।"

"कैलाश ने दो प्रश्न अंग्रेजी में किए। दीदी ने हिन्दी में जवाब दिया। फिर तीसरे प्रश्न के उत्तर में दीदी ने जो अंग्रेज़ी बोलनी शुरू की तो कैलाश अंग्रेज़ी भूल गई। रोमा ने हंसकर कहा।

"और अब?"

"वे आज ही मेरठ को पत्र लिख देंगे। आज तो डाक नहीं निकलेगी। कल जाएगा। मंगल को मिला तो वीरवार तक जवाब आ जाएगा।"

"इसका मतलब है इतवार को जाना है।" रीता ने कहा।

"बिलकुल।"

"लड़के यानी सुदेश के माता-पिता भी हमारा घर देखेंगे?" रीता ने कहा।

"अवश्य देखेंगे। ऐसा घर उन्होंने किसी अफसर का देखा होगा। बल्कि अफसर का भी ऐसा नहीं हो सकता।" कहकर केवल ने गिलास खाली कर दिया।

"एक और?" रीता ने कहा।

"हां, अब शुरू की है तो चार पेग तो पी जाऊंगा।"

"बोतल ही ले आती हूं।"

"इससे बेहतर बात क्या होगी!"

"मैं तो दफ्तर में हर रोज़ बात शुरू कर देता हूं और मोहन शर्मा पर

इतना रोब डाला है कि इसकी जुर्रत नहीं कि इनकार कर सके।" अब ह्विस्की बोल रही थी।

"मेरठ में अच्छा घर है।"

"कुछ दिनों की बात है। जाकर देख लेंगे।"

"सरोज को अवश्य ले चलेंगे।"

"क्यों नहीं? वह नीलम की भाभी है।"

इसके बाद क्या बातें हुईं, मैंने ध्यान न दिया। केवल ह्विस्की पी रहा और बोलता जा रहा था। सचमुच यह काम मैं नहीं कर सकता था। मैं तो बहुत अल्पभाषी था। ऐसे काम केवल जैसे लोग ही कर सकते थे। यदि कोई मुझे पूछता है कि अपना मकान है तो मुझे उत्तर देने में बड़ा संकोच होता है। और आय तो मैंने कभी रीता तक को न बताई थी।

एक घण्टे बाद केवल चला गया।

"मेरा विचार है, एक-दो बोतलों से काम न चलेगा। आप ह्विस्की की पेटी ही मंगा लें।" रोमा ने हंसकर कहा, "अंकल तो हर बात पर ह्विस्की मांगा करेंगे।"

"अवश्य मंगा लूंगा।" मैंने मुस्कराकर कहा।

रविवार तक केवल दो बार हमारे घर आया और हम एक बार उसके घर गए। एक दिन उसने पूछा, "आप शादी में कितना। रुपया खर्च रहे हैं?"

"जो उसके भाग्य में होगा, ले जाएगी।"

"रूपा कह रही थी कि बीस हज़ार फिक्स्ड डिपॉज़िट में है।" केवल ने कहा।

मैं हैरान था कि उसे कैसे पता चला। ज़रूरी बात थी कि रोमा ने रूपा को बताया होगा।

मैं चुप रहा।

"भाई साहव, आप चिंता न करें। हम स्कूटर या फ्रिज नहीं दे रहे हैं।

मेरठ में टेलीविज़न है नहीं। फिर नीलम को तो बाहर ही रहना है। ज़रूरत की हर वस्तु दे देंगे।" रीता बोल पड़ी।

"आपने तो पूरी तैयारी कर रखी है।"

"केवल लड़के के सूट, शूज़, कमीज़, अंडरवियर और बेल्ट खरीदनी हैं।"

"वह तो बाद की बात है।"

आखिर इतवार आ गया। केवल, सावित्री और सरोज बारह बजे ही आ गए।

"खाना खाइएगा?" मैंने पूछा।

"नहीं। खाकर आए हैं।"

"फिर शाम का खाना यहां सही?"

"न मालूम मेरठ से कब लौटें।"

"कार एक बजे आ रही है।"

"पापा, मैं भी चलूं?" रोमा ने कहा।

"नहीं।" मैंने कहा।

रोमा का मुंह लटक गया।

"रोमा, सब्र से काम लो।" रीता ने कहा।

"अच्छा। मैं शाम का खाना बनाऊंगी।" रोमा ने कहा।

"यह बात काम की है।" केवल ने कहा और अपना गिलास बनाया।

फिर केवल कपड़े, गहने और बर्तनों के बारे में पूछता रहा। और रीता उत्तर देती रही।

"आपने तो बहुत कुछ बना लिया है। सोना चार मास हुए एक सौ सत्तर रुपये का दस ग्राम था। अब तीन सौ पचीस रुपये का दस ग्राम है।"

"यह छः-सात सौ तक जाएगा।"

"लेकिन आपने तो खरीद रखा है?"

"गहने भी बनवा लिए हैं। तीन सेट। छ: चूड़ियां और दो कड़े। लगभग

दो सौ ग्राम दे रहे हैं।"

"दो सौ ग्राम अठारह तोले हुए। आजकल इतना सोना कौन देता है?" केवल ने कहा।

"लोग तो चालीस-पचास तोले तक दे रहे हैं।"

"वे ब्लैक का धन्धा करते हैं।"

कार के हार्न की आवाज़ आई।

"लीजिए। कार आ गई।" रीता ने कहा।

"पूरा एक बजा है।"

"किसी प्रकाशक की है।"

"मैं छोटे-मोटे काम में किसीका अहसान नहीं लेता। प्राइवेट टैक्सी है। चालीस रुपये और पेट्रोल।" मैंने कहा।

"आपने अभी तक लिवास नहीं बदला। आइए बेड रूम में पड़ा है।"

"अरुण, मेरे पान लाया?"

"जी हां।"

"तो मैं दो मिनट में तैयार हो जाता हूं।" कहकर मैं उठा। "गरमी है। केवल कमीज़ और पतलून ही पहनना है।" मैंने कहा और बेडरूम में चला गया।

दस मिनट बाद हम कार में थे। आगे ड्राइवर था फिर रीता और खिड़की के साथ मैं; ताकि पान की पीक थूक सकूं।

पिछली सीट पर केवल, सरोज और सावित्री थे।

कार रवाना हुई और सारा रास्ता केवल ही बोलता रहा। वह कभी थक न सकता था। उसे अधिकार भी था। फिर वह कार में जा रहा था। यह साधारण बात न थी।

मेरठ में जहां मोहन ने कहा था वह वहां ही खड़ा था और प्रतीक्षा कर

रहा था। कार रोक दी गई।

"इधर मेरे पास आ जाओ। केवल भारी-भरकम शरीर का था, और मोहन भी वैसा ही था। लेकिन एबेम्स्डर में पिछली सीट पर चार आदमी बैठ सकते थे।

"देर तो नहीं हुई?"

"नहीं। मुझे आए मुश्किल से दस मिनट हुए हैं।"

"अच्छा, विनोद साहब से मिलो। और यह इनकी धर्मपत्नी हैं। मेरी भाभी।" केवल ने कहा, "विनोद साहब, यह मोहन शर्मा है। मेरे साथ काम करता है। सुदेश के बहिनोई है।"

मोहन शर्मा के चेहरे पर चेचक के दाग थे। मैंने घूमकर देखा और नमस्ते के उत्तर में नमस्ते कह दी। अब मोहन शर्मा रास्ता बता रहा था।

दस मिनट में हम पहुंच गए।

"मकान गली के भीतर है। वहां कार न जा सकेगी।" मोहन शर्मा ने कहा।

हमने कार छोड़ दी; जिसको गली के बच्चों ने घेर लिया। मैंने ड्राइवर को पांच का नोट दिया।

"कुछ खा लेना।"

उसने नोट रख लिया। लेकिन मैं जानता था, वह कार छोड़कर नहीं जाएगा। बच्चे इस तरह कार से चिपके हुए थे जैसे पहली बार कार देखी हो।

गली में अधिक दूर न चलना पड़ा। चौथा या पांचवां मकान था।

"आ जाइए।" मोहन शर्मा ने कहा।

हम पांचों भीतर चले गए। डयोढ़ी के बाद सहन था। फिर दो कमरे और रसोईघर था। ड्योढ़ी के साथ गुसलखाना और शौचालय था।

"यह हैं हमारे पिताजी। श्री रामलाल।" मोहन शर्मा ने परिचय कराया। "और यह विनोद साहब हैं। बहुत बड़े कलाकार हैं। यह इनकी धर्मपत्नी है और यह मेरे साथ दफ्तर में काम करते हैं केवल साहब,

उनकी धर्मपत्नी और बहू।”

रामलाल ने पाजामे के ढंग की पतलून पहन रखी थी। शरीर पर सफेद सूती कमीज़ थी। इतने में कैलाश भी आ गई।

“सुनाओ कैलाश, क्या हाल है?”

“ठीक है।” उसने उत्तर दिया। “रास्ते में कोई कष्ट तो नहीं हुआ।”

“नहीं। मोहन शर्मा हमारी प्रतीक्षा कर रहा था। कार बाहर सड़क पर ही छोड़ दी। गली में न आ सकती थी।”

कमरे में चार कुर्सियां थीं, जो एक जैसी न थीं। और एक चारपाई थी। हम लोग बैठ गए।

“आप हेड क्लर्क रिटायर हुए हैं?” केवल ने पूछा।

“जी, एकाउंट ब्रांच में था” रामलाल ने कहा।

“आपको पेन्शन मिल रही होगी?”

“जी हां, सुदेश भी कभी रुपये भेज देता है, लेकिन मैं वह रुपए जमा कर रहा हूं। उसकी शादी पर काम आएंगे। वैसे दो लड़कियां हैं। वे विवाहिता हैं।”

“विनोद साहब के भी तीन बच्चे हैं। दो लड़कियां और एक लड़का। दिल्ली में अपना मकान है। मकान क्या कोठी है।”

इतने में कैलाश ने फ्रिज से कोला की ठंडी बोतलें निकालीं। इसके अतिरिक्त फ्रिज में कुछ न था।

“लीजिए, पानी पीजिए।”

“हमारे लिए तो न खोलिएगा।” मैंने कहा।

“क्यों?”

“बस, प्यास नहीं।”

“ओह, आपको ऐसा नहीं होना चाहिए। अभी तो रिश्ता नहीं हुआ। अभी तो आप पी सकते हैं।” रामलाल ने कहा।

“वह ठीक है, लेकिन प्यास नहीं है। हम अपने साथ कोला लाए हैं। आवश्यकता पड़ी तो वह ले लेंगे।” मैंने कहा।

कैलाश बोतलें मेज़ पर रखकर कमरे से चली गई।

"आप कहां के रहने वाले हैं?" रामलाल ने मुझसे पूछा।

"अब तो दिल्ली का ही समझिए। दिल्ली में ही जन्म हुआ है। पिताजी रेलवे में एकाउंट्स अफसर थे। वैसे होशियारपुर और जालन्धर में संपत्ति है, और पिताजी को सरकार ने 'कसरे हिन्द' की उपाधि दी थी। दो बहिनें हैं। मुझसे बड़ी हैं। और अपने घर खुश हैं। दो भाई हैं। एक अरसा हुआ इंग्लैंड चला गया था। उसने वहां ही शादी कर ली। एक भाई गज़ेटेड अफसर है। वह मुझसे बड़े हैं।"

"मैं तो किताबें यानी नॉवल नहीं पढ़ता। लेकिन सुना है, आप बहुत अच्छे कलाकार हैं।" रामलाल ने कहा।

"बस लकीरें खींच लेता हूं।" मैंने नम्रता से कहा।

"और इन लकीरों से तीन साढ़े तीन हज़ार रुपये मिल जाते हैं। लड़की बी० ए० है। अब फ्रेंच भाषा पढ़ रही है। सर्टीफिकेट ले लिया। अब डिप्लोमा की तैयारी कर रही है।" केवल ने कहा, "लड़की बहुत अच्छी है। घर का काम जानती है। खाना, सीना, पिरोना और इसके अतिरिक्त हर वर्ष पहाड़ यानी शिमला चली जाती है। पूरा परिवार ही जाता है।"

अब इस प्रकार की बातें मैं न कर सकता था। मुझे आभास हुआ कि लड़की का पिता बनना कितना कठिन है।

"हम तो गरीब आदमी हैं। पाकिस्तान से आए हैं और यहां नौकरी मिल गई। एक वर्ष हुआ रिटायर हुआ हूं। यह छोटी-सी झोंपड़ी सिर छुपाने को है।" रामलाल ने कहा।

"झोंपड़ी क्यों कहते हैं? अच्छा-भला मकान है।" मैंने कहा।

"खैर। यह आप कह सकते हैं।"

"सुदेश कब आएगा?" केवल ने पूछा।

"जब पत्र लिखूंगा। आदमपूर से दिल्ली हवाई फौज के जहाज़ आते रहते हैं। वह कॉलेज में सेकेण्ड ईयर में था कि उसे कमीशन मिल गया। वह सामने उसका फोटो है।" रामलाल ने संकेत किया।

मोहन शर्मा फोटो उठा लाया। और कैलाश पेस्ट्री, काजू, दाल और पकौड़ ले आई।

"बेटी, क्यों कष्ट कर रही हो। हम खाना खाकर आए थे और अभी डेढ़ घण्टा बीता है।" रीता ने कहा।

"आप न खाइए। ये तो खाएंगे।" कैलाश ने केवल, सावित्री और सरोज की ओर देखा।

"हां, हां। रख दो। मोहन, ड्राइवर को भी बुला लो।"

"मैं अभी बुलाता हूं।" और वह ड्राइवर को बुलाने चला गया।

मैं चुप रहा। ड्राइवर मेरे साथ बैठकर न खा सकता था। लेकिन केवल जो कर रहा था उसे छुट्टी थी। वह रोब डाल रहा था।

"मेरा ननिहाल लुधियाना में है। एक मामा जी 1928 में इंग्लैंड बैरिस्ट्री पढ़ने गए थे, और वापसी पर मेम ले आए। बैरिस्ट्री तो चली नहीं। इसलिए कॉलेज में प्रोफेसर हो गए। उन्होंने बी० काम० और एम० काम० के लिए दर्जनों किताबें लिखी हैं।" मैंने कहा।

"कौन-सी युनिवर्सिटी में हैं?"

"अब रिटायर हो गए हैं।"

"मेरा विचार है, आप इनका घर देखने आइए ताकि बात आगे बढ़ सके। और बहिन जी, यानी सुदेश की माता जी कहां हैं?"

"वह साथ के कमरे में हैं। उन्हें ब्लड प्रेशर की तकलीफ है। क्या बुलाऊं?"

"जी नहीं। हम वहां चले जाएंगे।"

"खैर।"

"और कुछ पूछना है?"

"मोहन और कैलाश को तो लड़की पसन्द है। लेकिन आप जानते हैं, आज कल लड़के भी लड़की देखना चाहते हैं।"

"अवश्य देखिए।" मैंने कहा।

"किसी रेस्टोरेंट में दिखा दीजिएगा।"

"रेस्टोरेंट में क्यों? वह घर आ सकता है। मुझे कोई आपत्ति नहीं।" मैंने कहा, "यह बताइए, आप कब गरीबखाने पर आएंगे?"

"मोहन और कैलाश की इतवार को छुट्टी होती है। अगले इतवार आ जाऐंगे।"

"सुदेश साथ होगा?" केवल ने पूछा।

"कोशिश करूंगा कि वह भी आ जाए।"

"आप शादी कब करना चाहते हैं?"

"यह सितम्बर है। दिसम्बर में उसे पन्द्रह दिन की छुट्टी मिलेगी। उस समय कर दीजिए।"

"आप कल कर सकते हैं। इनकी तैयारी पूरी है। बरात कितने आदमियों की होगी?" केवल ने पूछा।

"दिल्ली में हमारे काफी रिश्तेदार हैं। फिर मोहन के भी मित्र हैं। यही कोई डेढ़-पौने दो सौ व्यक्ति होंगे।"

"कोई बात नहीं। आप चाहे तीन सौ लेकर आएं।" केवल ने कहा। "विनोद साहब का सर्किल बहुत बड़ा है। चार-पांच सौ लोग तो इनकी ओर से होंगे। तमाम प्रकाशक लखपती हैं। फिर कलाकार, लेखक और शायर भी होंगे।" केवल अपनी हांके जा रहा था।

बारी-बारी हर कोई फोटो देख रहा था। सरोज ने सावित्री को दिया। सावित्री ने केवल को दिया।

"लड़का तो सुन्दर है।" केवल ने कहा।

"बस। आम-सा लड़का है। लेकिन पढ़ाई में बहुत होशियार था।" रामलाल ने कहा।

"पिताजी, सुदेश सुन्दर है।" कैलाश ने कहा।

"नीलम भी कम नहीं। जोड़ी खूब रहेगी।"

ड्राइवर आ गया था। वह भी चारपाई पर बैठ गया। मोहन, रामलाल और केवल चारपाई पर बैठे थे। अब खाने का दौर शुरू हो गया।

"मेरा विचार है, मैं भी लंच कर लूं।" कहकर मैंने जेब में हाथ डालकर

पान का पैकेट निकाल लिया।

"आपकी कोई खास मांग है?" कहकर मैंने पान मुंह में डाल लिया।

"आखिर कलाकार कलाकार होते हैं।" कैलाश ने हंसकर कहा। "पान को आप लंच कहते हैं?"

"क्या करूं बेटा। आदत पड़ गई है। पहले सिगरेट बहुत पीता था। डॉक्टरों ने मना किया और मैंने बन्द कर दी। अब पान की आदत पड़ गई है।" मैंने कहा।

"आपने मांग के बारे में पूछा था। हमें ऐसी लड़की चाहिए जो क्लब और आफीसर्स मेस में जा सकती हो।" रामलाल ने कहा। "मैं तो कभी किसी क्लब का मेम्बर नहीं बना। न ही बन सकता था। कभी घूस नहीं खाई। ऐसा करता तो आज कोठी होती। लेकिन सुदेश की मांग बता रहा हूं। शेष रहा दहेज। उसकी चिन्ता नहीं। लड़की को तो लड़के के साथ ही रहना है। यहां तो वह छुट्टियों में आता है।"

"क्यों न सुदेश नीलम को हमारे घर में देख ले।" केवल ने कहा।

"यह ठीक है।" मोहन ने कहा।

"यदि उसे पसन्द आ जाए तो फिर विनोद साहब के यहां चला जाए।" केवल ने कहा।

"ठीक है।"

"तो आप अगले इतवार गरीबखाना पर आ रहे हैं?"

"आ जाएंगे। मोहन, तुमने इनकी कोठी देखी है?" रामलाल ने कहा।

"देखी तो नहीं। लेकिन अब अगले इतवार आपके साथ ही चलेंगे।"

"बस, यह फाइनल रहा। दहेज की चिंता न करें। लड़के के गर्म सूट और आपके लिए गर्म सूट इंग्लैंड से आए हैं। विनोद साहब अच्छी शादी करेंगे। आपको सुदेश के अफसर दोस्तों को कोई शिकायत न होगी।" केवल ने कहा।

ड्राइवर खा चुका था। वह उठ खड़ा हुआ, "मैं जाकर कार की रखवाली करता हूं।"

"हां, यहां के बच्चे बड़े शरारती हैं।" रामलाल ने कहा।

"बच्चे शरारती ही होते है।" केवल बोला।

ड्राइवर चला गया।

"और कोई खास बात या कोई खास रस्म जो आपके यहां। होती हो, मुझे बता दीजिएगा। आपने दो लड़कियों की शादी की है। आप अनुभवी हैं। मैं पहली लड़की की शादी कर रहा हूं।" मैंने कहा, "वैसे केवल साहब और मोहन साहब मिलकर फैसला कर लेंगे। और मैं वही कर दूंगा।" मैंने कहा।

"वैसे सुदेश की तरक्की होने वाली है।"

"फ्लाइंग अफसर के बाद फ्लाइट लेफ्टिनैंट बनना है।" मैंने कहा।

"आप तो सब जानते हैं।" रामलाल ने कहा।

"मेरा एक दोस्त एयर कमोडोर रिटायर हुआ है। शराब बहुत पीता था वरना एयर वाइस मार्शल बन जाता।" मैंने कहा।

"वह तो बहुत बड़ा रैंक है।" रामलाल ने कहा।

"विनोद साहब एम० पी० तो क्या, मंत्रियों तक को जानते हैं।" केवल ने कहा। वह मोहन पर रोब डाल रहा था।

फिर इधर-उधर की बातें होती रहीं। चार बज गए। तो मैंने कहा, "अच्छा, अब आज्ञा दीजिए। वरना बहुत देर हो जाएगी। सूर्य अस्त होने से पहले हम दिल्ली पहुंच जाना चाहते हैं। मैं अगले इतवार आपकी प्रतीक्षा करूंगा। दोपहर का खाना हमारे यहां खाइए।"

"खाना तो मैं दस बजे खा लेता हूं। हां, शाम की चाय पी लूंगा।"

"जैसा आप कहेंगे, वही होगा।" मैंने कहा, "आप अपना पता दे दें।" रामलाल ने कहा, "यदि किसी वजह से न आ सकें तो पत्र लिख दूंगा।"

मैंने एक कागज़ पर पता लिख दिया और जाने के लिए खड़ा हो गया। "कुछ मिनट के लिए बहिन जी से मिलना चाहता हूं।"

"अवश्य।" रामलाल भी खड़ा हो गया। कैलाश बर्तन समेट रही थी।

हम सुदेश की माताजी से मिले। उनका हाल-चाल पूछा और

नमस्ते कहकर आ गए। रामलाल, मोहन शर्मा और कैलाश हमें कार तक छोड़ने आए।

"अच्छा...। शेष बातें अगले इतवार को करेंगे।"

"भाई साहब, एक बात कर सकते है?" रीता रामलाल से सम्बोधित हुई।

"कहिए।"

"आप सुदेश का फोटो दे सकते हैं?"

"क्यों नहीं? अवश्य। मोहन, जाओ फोटो ले जाओ।"

मोहन चला गया और फोटो ले आया। हाथ मिलाकर हम कार में बैठ गए। अन्तिम बार नमस्ते कही और कार चल पड़ी।

"क्यों विनोद साहब, क्या विचार हैं?" केवल ने पूछा।

"ठीक है। लोग शरीफ हैं।"

"बस, शरीफ ही होने चाहिए।"

"भाई साहब, मकान तो कुछ भी नहीं। फ्लश भी नहीं है।" रीता ने कहा।

"भाभी, नीलम को यहां नहीं रहना है। यहां तो छुट्टियों में आया करेगी। इसका जीवन क्लब और आफिसर्स मेस में बीतेगा।"

"केवल साहब, सुना है यू०पी० में शराब सस्ती है, दो बोतलें खरीद लें।" मैंने मुस्कराकर कहा।

"ड्राइवर, ज़रा ध्यान रखना। आते समय मैंने दुकानें देखी थीं।"

"जी। मैं जानता हूं।" ड्राइवर ने कहा। "हमारा धन्धा ही ऐसा है। अधिकांश तो विदेशी टूरिस्ट ले जाता हूं। वे जयपुर, आगरा और फतहपुर सीकरी देखना चाहते हैं। वैसे मेरठ भी कई बार आया हूं।"

"बस, ठीक है।"

"भाभी, लड़का बुरा नहीं!"

"फोटो में तो सुन्दर है।" रीता ने कहा।

"हवाई फौज के अफसर सुन्दर ही होते हैं। और मोटे नहीं होते।" मैंने कहा।

"मेरा विचार है, बात पक्की समझिए। आप अब दिसम्बर के लिए तैयारी शुरू कर दें।" केवल ने कहा।

"साहब, दुकान आ गई।"

"जाओ दो बोतलें ह्विस्की की ले आओ।" मैंने सौ का नोट दिया और पान थूक दिया।

"कौन-सी?"

"कोई ले आओ। सब एक-सी हैं।"

" 'साकी' लाना।" केवल ने कहा।

"अच्छा...।" कहकर ड्राइवर चला गया। और चार मिनट बाद दो बोतलें 'साकी' की ले आया।

"गिलास दूं।" मैंने बैग से गिलास निकाला।

"अवश्य। अब तो बात पक्की हो गई है।" केवल ने कहा।

"अभी नहीं।" मैंने कहा।

"आपका विचार है, मोहन मेरी बात न मानेगा? दफ्तर में जीना हराम कर दूंगा।"

मैं मुस्करा दिया। और गिलास बढ़ा दिया।

"बोतल तो बहुत सुन्दर है। चीनी की है?" रीता ने कहा।

"विनोद साहब, आज तो आप भी पी लें।"

"अभी नहीं। समय आने दीजिए। अवश्य पीऊंगा।" मैंने कहा और पान मुंह में रख लिया।

बाकी रास्ता केवल बोलता रहा और सावित्री और रीता भी बोलती रही।

"लड़की सदा अपने से छोटे घर में दो।" रीता ने कहा।

"बिल्कुल ठीक कहा।" केवल ने कहा।

ह्विस्की ने अपना असर दिखाना शुरू कर दिया और केवल ने किसीको

न बोलने दिया, स्वयं ही बोलता रहा।

आखिर दिल्ली पहुंच गए। केवल ने आधी बोतल खाली कर दी थी।

"मामा, घर कैसा है?" रोमा ने फौरन प्रश्न किया।

मैं ड्राइवर को पैसे दे रहा था।

"बस ठीक है। लड़का अफसर है। नीलम को उसके साथ रहना है। जब वह चालीस वर्ष का हो जाएगा तो अपनी कोठी बना लेगा। वह इस घर में न रहेगा।" केवल ने कहा।

"यह लो फोटो देख लो।" रीता ने फोटो बढ़ा दिया। रोमा ने फोटो लिया और देखने लगी :

"अच्छा है। फोटो में तो सुन्दर है। वैसे न मालूम कैसा हो।" रोमा ने कहा।

"फोटो में सुन्दर है तो वैसे भी सुन्दर होगा।" रीता ने कहा।

"बहिन, मैं तो अधिक सुन्दर नहीं।" रोमा बोली।

"हमें फिल्म कम्पनी नहीं खोलनी है।" रीता ने कहा। वे बातें करते हुए ऊपर चले गए और ड्राइंगरूम में बैठ गए।

मैं ड्राइवर को पैसे देकर शामिल हो गया, "नीलम कहां है?" मैंने रोमा से पूछा।

"ऊपर है।"

"बुला लाओ।"

"अभी आई।" कहकर रोमा चली गई।

"विनोद साहब! आज तो अवश्य पीजिए।"

मैं मुस्करा दिया। अभी समय नहीं आया। घर में पहली लड़की की शादी है। मैं कुछ अजीब-सा अनुभव कर रहा हूं। आप जारी रखिए।"

"खैर! ह्विस्की बहुत अच्छी है। मैंने प्रशंसा तो सुनी थी लेकिन पीने को आज मिली है।"

"भाई साहब को फोन करना है?" रीता ने कहा।

"अभी नहीं। शनिवार के दिन कर देंगे। और भगवान के वास्ते अपनी जिठानी को न बुलाना।" मैंने कहा।

"वह तो बहुत बोलती है। और बिना मतलब बोलती है। करती कुछ नहीं। वैसे उसने नीलम के लिए दर्जनों लड़के देख रखे हैं, लेकिन हमें आज तक एक भी नहीं दिखाया।" रीता ने कहा।

"ऐसे रेश्तेदार भी होते हैं, जो करते कुछ नहीं; हां, यदि कुछ हो रहा हो तो टांग खींचते हैं।" केवल ने कहा।

"अब आप शराब बन्द कर दें।" सावित्री ने पति से कहा।

"क्यों?"

"बस, बहुत पी ली है।"

"अभी कहां, मैं पूरी बोतल खाली कर सकता हूं।"

"और इसके बाद क्या करते हैं वह भी बताने की ज़रूरत है?" सावित्री ने कहा।

"अच्छा तुम भाषण बन्द करो। आज खुशी का दिन है। मूड न खराब करो।" केवल ने कहा।

"सरोज क्यों चुप है?" मैंने कहा।

"नहीं...अंकल। मेरे बोलने की गुंजाइश ही नहीं। सब ठीक हो रहा है। लड़का क्लास वन अफसर है, और स्वभाव भी ऐसा है कि नीलम को सुखी रखेगा।"

"अगले इतवार तुम्हें ड्यूटी देनी पड़ेगी। सुना है, तुम ब्रेडरोल बहुत अच्छे बनाती हो और पकौड़े भी।" मैंने मुस्कराकर कहा।

"आप पकौड़े खिलाएंगे?" रीता बोली।

"मीनू मैं बनाऊंगा। पेस्ट्री का इन्हें शौक है। कनाट प्लेस से पेस्ट्री मिल जाएगी। रसगुल्ले, नमकीन, काजू और मिली-जुली दाल, ब्रेडरोल और एक दुकान ऐसी है जहां बे-मौसम फल मिलते हैं, वहां से आम लाएंगे।" केवल बहुत कुछ जानता था।

"आम किसलिए?" रीता ने कहा।

"दूध और आम मिक्सी में डालकर शेक बनेगा और सरोज बनाएगी; वह बहुत अच्छा बनाती है।"

उधर रोमा ने नीलम से कहा :

"लो। अपने होने वाले का फोटो देख लो।"

नीलम ने फोटो देखा और चुप रही।

"क्या विचार है?"

"इतनी बड़ी-बड़ी मूंछें क्यों रखी हुई हैं।"

"किसी रात सोते में काट देना। वैसे सुना है कि हवाई फौज के पाइलट मूंछें रखते हैं। खैर, नीचे चलो। पापा बुला रहे हैं।"

रोमा और नीलम नोचे आ गए।

"अंकल, यह मूंछें ठीक नहीं। इस भाई से कहो ज़रा छोटी कर ले।" रोमा ने मज़ाक किया।

"वह तुम कह देना।" केवल हंस पड़ा।

"नीलम, क्या पकाया है?"

"मीट।"

"रोमा, तुम ऐसा करो रूपा और प्राण को बुला लाओ ताकि वह भी खाना खा लें। अरुण को साथ ले जाना।" मैंने कहा।

"अरुण की क्या ज़रूरत है। क्या मैं कॉलेज अकेली नहीं जाती?" रोमा ने कहा।

"जैसी तुम्हारी मरज़ी।"

रोमा, गई नहीं। वह बातें सुनना चाहती थी।

"अंकल, आपके क्वार्टर के पास फोन नहीं?"

"है। उसका तो ध्यान ही नहीं आया। बिल्कुल सामने एक कोठी है। उनकी लड़की रूपा की सहेली है। लाओ फोन दो, मैं बुलाता हूं।"

केवल फोन मिलाने लगा।

"मामा? घर कैसा है?" रोमा ने प्रश्न किया।

"केवल लड़का ही लड़का है। घर तो ऐसा ही है, जो एक ईमानदार क्लर्क अपनी कमाई से बना सकता है। बेटा अफसर बना तो उसने फ्रिज खरीद लिया।"

सोफा भी नहीं है?" रोमा बोली।

"हम दे देंगे। सोफा, लोहे की अलमारी। छः कुर्सियां, डाइनिंग टेबिल, पेंग टेबिल और शृंगार मेज़ तीन फुट आईने वाली।" रीता ने कहा।

"ब्याह कब कर रहे हैं?"

"इस दिसम्बर में।"

"और लड़का कब आएगा? क्या नाम है? सुदेश। हां सुदेश।"

"वह किसी दिन आ जाएगा।"

केवल फोन से निवृत्त हो गया। "वे आ रहे हैं।"

"जाओ खाना शुरू करो।" मैने कहा।

"पापा, आज तो रेस्टोरेंट से नान मंगा लीजिए। हम बातें करने के मूड में हैं।" रोमा बोली।

"तू कभी चुप नहीं रह सकती।"

"मैं साथ देती हूं।" सरोज ने कहा।

"चलिए सरोज की अब नान की फरमाइश हो गई है। वही मंगाने पड़ेंगे।" मैंने कहा।

"मीट कितना मंगाया था?" रीता ने पूछा।

"डेढ़ किलो।" नीलम बोली।

"बहुत है।"

"पापा, एक प्रकाशक का फोन आया था। कह रहा था, वह पॉकेट बुक्स शुरू कर रहा है। कल सुबह दस बजे आएगा।

"आने दो।" मैंने कहा।

"आपके लिए चाय लाऊं?" नीलम ने पूछा।

"अवश्य।" रीता बोली। "हम तो वहां कुछ भी न खा सकते थे। मुझे चाय की तलब लग रही है।"

"पापा, आप?"

"नहीं। मैं थोड़ी देर में खाना खा रहा हूं।" मैंने कहा। "इतनी जल्दी?" केवल ने कहा।

"जी हां। जब से शराब छोड़ दी है। मैं सात बजे खाना खा लेता हूं।"

"बात कहां तक पहुंची है?" रोमा ने प्रश्न किया।

"वे लोग अगले इतवार को आ रहे हैं और शाम की चाय पीएंगे।" मैंने कहा।

"इन्हें देना क्या है?" केवल ने पूछा।

"मैं तो कुछ नहीं जानता। केवल तस्वीरें बना सकता हूं। नीलम के पति की भी तस्वीर बना दूंगा।" मैंने मुस्कराकर कहा।

"ऐसा करें।" केवल बोला, "शनिवार को या इतवार सुबह सात डिब्बे लड्डू के ले आएं। दो-दो किलो का डिब्बा हो। शेष एक सौ एक लड़के को और पांच सौ रुपया उसके पिताजी को। क्यों सरोज?"

"एक सौ एक कम रहेगा।" रीता बोली।

"भाभी, आप भूल रही हैं कि उस दिन लड़का न होगा। केवल लड़के की तस्वीर होगी। जब वह मिलेगा तो फिर उसे एक सौ एक देना होगा।" केवल ने कहा।

"फिर ठीक है।" सरोज ने समर्थन किया।

"अभी अधिक शो न करें। वरना वह अच्छे-खासे दहेज की आशा करेंगे।" सावित्री बोली।

"अब रिश्तेदारों और माता-पिता को पांच सौ से कम क्या दोगी?" केवल बोला।

"अढाई सौ बहुत हैं। इनका स्टैंडर्ड पांच रुपये है। वह पांच देते हैं और पांच लेते हैं। इसलिए पांच सौ बहुत अधिक हैं।" केवल ने कहा।

"अंकल, आप कुछ नहीं कह रहे है?" सरोज बोली।

"बेटा, आप लोग फैसला कर लें। मैं तो जो कहोगे कर दूंगा।" मैंने कहा।

"ऐसा क्यों नहीं करते, केवल ने सिगरेट सुलगाया। लड़के को सोने का

पाउंड दे देते हैं।"

"मालूम है कितने का है?" सावित्री बोली।

"ज़रा रोब डालना चाहिए। यह दुनिया अब दिखावे की दुनिया है। नुमाइश बन गई है।" केवल ने कहा।

प्राण और रूपा भी आ गए। साथ में सरोज की बेटी थी।

नीलम चाय ले आई। सावित्री, सरोज और रीता चाय पीने लगे।

"आपके लिए लाऊं?" नीलम ने प्राण से पूछा।

"शादी करा रही हो और चाय पिलाओगी? यह बोतल तो बहुत सुन्दर है। मेरे लिए गिलास लाओ।" प्राण ने हुक्म चलाया।

"ज़रा माचिस देना।" केवल ने कहा।

"ठहरिए, मैं देता हूं। मेरे पास एयर लाइन के सिगरेट लाइटर पड़े थे। मैंने वार्डरोब खोलकर एक लाइटर दे दिया।

"इसमें पेट्रोल है?" केवल ने कहा।

"आप रख लें। यह उपहार है। हवाई जहाज़ के यात्रियों को फ्री देते हैं।"

"यह तो स्वीट्ज़रलैंड का बना हुआ है। प्राण क्या कीमत होगी?" केवल ने कीमत लगाई। वह उपहार की भी कीमत लगा सकता था। मैं निराश-सा हो गया। लेकिन यह समय इन्हें मैनर्ज़ सिखाने का न था। जो कुछ वे कर रहे थे, वह मैं न कर सकता था, इसलिए चुप रहा।

"तीस-पैंतीस रुपये का होगा।" प्राण ने कहा। "अंकल, यदि और हैं तो एक मुझे भी दे दो।"

"और तो नहीं है। मुझे बीस मिले थे। मैंने सिगरेट छोड़ी तो मित्रों में बांट दिए। तुम्हें इंग्लैंड की बनी नेकटाई दे सकता हूं।" मैंने कहा।

"अवश्य। दिखाइए।"

मैंने एक लिफाफा निकाला, जिसमें एक दर्जन से अधिक नेकटाइयां थीं। प्राण ने एक उठा ली।

"आपका घर तो इम्पोर्टेड माल से भरा पड़ा है।" केवल ने कहा।

"आपको किसी चीज़ की ज़रूरत हो तो बता दीजिए। मैं मंगा दूंगा।" मैंने कहा।

"एक दूतावास में मेरा एक मित्र है, वहां सब कुछ मिल जाता है। स्कॉच की बोतल ग्यारह रुपये में मिल जाती है।" प्राण ने कहा।

"फिर देसी क्यों पीते हो?"

"लेकिन रोज़ नहीं मिल सकती। एक मास में एक मिल सकती है।" प्राण बाप से बढ़कर था।

"हां, हम लड्डू की बात कर रहे थे। दो-दो किलो के सात डिब्बे लाने हैं।" मैंने कहा।

"मैं बंगाली मार्केट से ले आऊंगा।" प्राण ने कहा।

"हमारा हलवाई तो बेअर्ड रोड पर है।" रीता ने कहा।

"हम सदा उसीसे मिठाई खरीदते हैं।"

"लेकिन मैं सस्ती लाऊंगा।" प्राण ने कहा।

सस्ती क्यों? तुम लाओगे ही नहीं। पैसा लेकर मिठाई खरीदने जाओगे और रास्ते में जुआ खेलने बैठ जाओगे। मुझे यह लड़का बिल्कुल पसन्द न था। लेकिन क्या करता, विवशता थी जो उसे सहन करना पड़ता था।

बाप-बेटा बोतल खाली कर रहे थे।

"डैडी, बोतल बहुत सुन्दर है। खाली हो जाएगी तो हम ले जाएंगे।" प्राण ने कहा।

"ले जाना।" रीता के कुछ कहने से पहले मैंने कह दिया।

"आज क्या बना?" प्राण ने पूछा।

"परिचय हो गया। अब अगले रविवार वे आ रहे हैं।" केवल ने कहा।

"उस दिन सब काम मैं करूंगा। मिठाई, फल और जो कुछ चाहिए ले आऊंगा।" प्राण ने कहा।

"तुम केवल एक काम करोगे। आम लाओगे। क्या सितम्बर के महीने में मिल जाएंगे?" मैंने कहा।

"आप सितम्बर की बात कर रहे हैं। मैं दिसम्बर में ला सकता हूं।"

ह्विस्की ने असर दिखाना शुरू कर दिया था।

बाप-बेटे में दौड़ लगी थी कि पहले कौन बोतल खाली करता है? मैं सोच रहा था, दूसरी न खोलनी पड़े। मैं उटकर बाहर चला गया और रीता को आने का संकेत किया।

रीता आ गई।

"दूसरी बोतल कहां है?"

"वह मैं बेडरूम में रख आई हैं।"

"वहां न खोलना, वरना ये फर्श गन्दा कर देंगे। मैं जानता हूं, यह कितनी हज़म कर सकते हैं।"

"आप चिंता न करें।" रीता ने कहा।

मैं बाथरूम चला गया, और वापस आकर नीलम से कहा कि मेरा खाना लाओ।

"पापा, थोड़ी देर रुक जाइए। अभी पुलाव बनाना है।"

"वह तुम बनाना। सब्ज़ी क्या है?"

"गोभी और रायता।"

"आप मीट नहीं खाते?" केवल ने कहा।

"बन्द कर दिया है।"

"हद है। शराब बन्द की, सिगरेट बन्द की और मीट खाना भी छोड़ दिया।" केवल ने कहा।

"ऐसे ही है।"

नीलम चली गई और खाना लगाने लगी।

"पापा, आ जाइए।"

"इजाज़त है?" मैंने केवल से कहा।

"अवश्य। लेकिन यह बात तो बीच में ही रह गई कि इन्हें देना क्या है?" केवल ने कहा।

"मैं जो कहती हूं, ठीक है। एक सौ एक लड़के को और ढाई सौ सम्बन्धियों को।"

"सरोज, ढाई कम नहीं?"

"सगुन भी तो देना है।" सावित्री बोली।

"और यह क्या होगा?" रीता ने प्रश्न किया।

"कि लड़का रोक लिया है। अब यह नई प्रथा चली है।" सावित्री ने कहा।

"सगुन पर क्या देना पड़ेगा?" मैंने पूछा।

"पांच सौ लड़के को और पांच सौ रिश्तेदारों को।" केवल ने यूं कहा जैसे उसका बैंक में हज़ारों रुपया पड़ा था। दूसरे का घर फूंको तो तमाशा कहलाता है।

मैं भोजन से निवृत्त हो इनके पास आकर चुप बैठा रहा। मैं जानता था, जो मुझे करना है। अब यदि इसने लड़का बताया था तो इसका मतलब यह न था कि इसकी हर बात मानूंगा।

हर कोई ऊंची आवाज़ में बोलने लगा था। बहस ने गर्मी पकड़ ली। केवल मैं चुप था, और पान चबा रहा था। यह सब कुछ मेरे लिए तमाशा था। पैसा मेरा लग रहा था और प्रोग्राम वे लोग बना रहे थे। अब मैंने सुनना बन्द कर दिया था। सब लोग बोल रहे थे, जिनमें दो शराबी थे। वहां मैं क्या बोल सकता था! न मालूम यह गलत प्रथा कब समाप्त होगी? इन्हें तो कानून भी समाप्त न कर सकता था।

रात दस बजे वे लोग घर गए। वे चले गए तो मैं मुस्करा दिया।

"क्यों?" रीता ने पूछा।

"केवल ऐसे प्रकट कर रहा है जैसे उसकी बेटी हो और वही पैसा खर्च कर रहा है। जब उनका नम्बर आएगा तो देखूंगा, दहेज में क्या देते हैं।"

"आप इनकी बात रहने दीजिए।"

"अब शादी तक यह रोज़ ह्विस्की पीने आया करेगा और मुझे समझाएगा कि शादी कैसे की जाती है।"

"हमें अपनी जेब देखनी है।"

"खैर, देखो इतवार को क्या होता है।"

"ठीक ही होगा। आप सात डिब्बे लड्डू के शनिवार को ही मंगा लें।"

"तुम तो यूं कह रही हो जैसे कि रिश्ता पक्का हो गया है।"

"पक्का ही समझिए।"

"खैर।" कहकर मैंने पान मुंह में रख लिया। "मैं नहीं जानता था कि लड़की की शादी इस तरह होती है। वैसे नीलम को यह सब पसन्द है।

"हमारी बेटियां हमारी हैं। और जहां हम शादी कर देंगे, वे खुश होंगी।"

रविवार आ गया। मैंने केवल भाई को बुलाया; भाभी और बच्चों को नहीं। तीन बजे वे लोग आ गए। मोहन, कैलाश, रामलाल और उसकी पत्नी।

केवल, सरोज और सावित्री पहले से ही आ गए थे। प्राण किसी खास दुकान से आम लाया था और रूपा किसीसे मिक्सी मांग लाई थी। खाने के लिए इतना था कि रात को रोटी की जरूरत न पड़ सकती थी।

सब लोग बैठ गए।

"अब आपकी तबीयत कैसी है?" मैंने रामलाल की पत्नी से पूछा।

"ऐसे ही चल रही है।"

"यहां किसी अच्छे डॉक्टर को दिखाइए।"

"देखेंगे।" रामलाल ने कहा।

"पहले रोमा और रूपा को मिला दें।"

"नीलम कहां है" कैलाश ने पूछा।

"रसोईघर में। वह और सरोज भाभी चाय तैयार कर रही हैं।" रोमा ने कहा।

"उसे बुलाओ।"

"ऐसी क्या जल्दी है।" रीता ने कहा, "आप ठंडा तो पीजिए।"

केवल ने महफिल संभाल ली और वह शुरू हो गया। सचमुच मुझे केवल की सख्त ज़रूरत थी। मैं तो दिन में गिनती की बातें करता हूं। यह

काम मेरे वश का न था।

पन्द्रह मिनट में खाने की प्लेटें आ गईं।

"इतना कुछ?" मोहन शर्मा ने कहा, "इसके बाद तो रात का खाना नहीं खाएंगे।"

"शुरू कीजिए।" केवल ने कहा। "खाने का समय अभी दूर है।"

उसी समय नीलम आ गई। उसने सबको नमस्ते कही और चुपचाप सोफे पर बैठ गई। उस रोज़ तो रामलाल ने पतलून न पहन रखी थी, लेकिन आज पहन रखी थी।

रामलाल और उसकी पत्नी ने नीलम को ऊपर से नीचे तक देखा। फिर बातें होती रहीं। लेकिन रामलाल की पत्नी नीलम को देखे जा रही थी।

कुछ लोगों में खाने का शौक होता है; और यह भी उन लोगों में से थे। केवल और सावित्री बाकायदा साथ दे रहे थे।

सरोज गिलासों में आम-मिला दूध लाई। वह बेचारी दो घण्टे से काम कर रही थी। सबको इसके हाथ के बने ब्रेडरोल पसन्द आए थे।

"आप कुछ नहीं खा रहे?" रामलाल ने पूछा।

"मैं दो बजे एक कप चाय और दो बिस्कुट लेता हूं।"

"इसलिए सेहत ऐसी है।" मोहन शर्मा ने हंसकर कहा। शेष कोई न हंसा।

प्लेटें खाली होती गईं और दूध खत्म हो गया। मैंने रीता को इशारा किया और हम बाहर चले गए। नीलम, रोमा, रूपा और सरोज दूसरे कमरे में चली गईं। कुछ मिनट बाद केवल और सावित्री भी हमारे पास आ गए।

"आपस में सलाह कर रहे हैं।" सावित्री ने कहा।

"इसीलिए मैं उठ आया था।" मैंने कहा।

लगभग दस मिनट बाद हम लोग भीतर गए।

उधर से रोमा, सरोज और रूपा आ गईं।

"हमें रिश्ता स्वीकार है।" रामलाल ने कहा।

"बधाई हो।" केवल ने कहा।

"फिर छोटी-सी रस्म पूरी कर दें।" मैंने कहा।

"कैसी रस्म?" रामलाल ने कहा।

"जो प्रथा है। सरोज बेटा, अन्दर से वे डिब्बे ले आओ।"

रोमा और सरोज सात डिब्बे ले आईं। मैंने जेब से रुपया निकाला।

"यह सुदेश का है।" मैंने अढ़ाई सौ रुपए दिए, "और यह आप के और आपके रिश्तेदारों का है।" मैंने सौ-सौ के पांच नोट बढ़ा दिए।

"ये तो बहुत अधिक हैं। रामलाल और कैलाश ने कहा।

"मैं तो एक मज़दूर आदमी हूं। इससे अधिक नहीं कर सकता।"

"लेकिन यह ज़्यादा है।" रामलाल ने कहा।

"अब रख लीजिए।" केवल ने कहा।

"मैं कुछ बातें पूछना चाहता हूं?" मैंने कहा।

"अवश्य।"

"बरात में कितने आदमी होंगे?"

"पौने दो सौ आदमी तो हो ही जाएंगे।" मोहन ने कहा।

"आजकल खाने पर पाबन्दी है।" मैंने कहा।

"इसका एक तरीका है।" मोहन शर्मा ने कहा। "थोड़ा-सा मक्की का आटा रख लें। यदि कोई आया तो कह देंगे कि मकई की रोटी है।"

"बेहतर।"

"आप बिलकुल चिंता न करें। खाना और दहेज अच्छा ही मिलेगा। सरकार की ओर से जो अनुमति है वही होगा।" केवल ने कहा।

"मैं कानून भंग नहीं करता। थोड़ा डरता हूं।" मैंने कहा।

"इंस्पेक्टर क्या करेगा। सौ-पचास रुपये ले जाएगा।" मोहन शर्मा बोला।

मुझे मोहन शर्मा भी पसन्द न आया था, वह भी केवल की भांति बहुत बोलता था। मैं चुप रहा।

"विनोद साहब की बहुत जान पहचान है।" केवल ने कहा।

"बाकी स्कूटर या फ्रिज नहीं दे रहा हूं। हां, ज़रूरी चीज़ें दे रहा हूं, जो एक घर बना सकती हैं।" मैंने नम्रता से कहा।

"हमें कोई लालच नहीं। लड़कियों की शादी कर दी है। सुदेश की अच्छी तनखाह है। फिर न मालूम कहां तक तरक्की करे।" रामलाल ने कहा।

फिर मैदान केवल के हाथ था। वह और मोहन शर्मा ही बोलते रहे। जब शादी की बातें खत्म हो गईं तो दफ्तर की बातें शुरू हो गईं।

पांच बजे वे लोग चले गए। मोहन शर्मा का घर भी दूर न था। मुश्किल से एक किलो मीटर होगा। चारों के हाथ में डिब्बे थे।

हम इन्हें नीचे गली के कोने तक छोड़ने गए और ये अभी बातें करने के मूड में नहीं थे, लेकिन केवल ने इन्हें विवश कर दिया।

ज़रूरी बातें तो सब हो गई थीं। हम वापस आ गए।

"शुक्र है। आखिर मैंने जीवन में दूसरा नेक काम कर डाला।" केवल ने कहा।

"आपका जवाब नहीं।" मैंने मुस्कराकर कहा। "ह्विस्की पेश करूं?"

"आज नहीं पीऊंगा तो फिर कब पीऊंगा।" केवल ने हंसकर कहा।

"आज तो आप भी पी लें।"

"जिस दिन डोली विदा होगी, उस दिन पीऊंगा।"

"बड़े ज़िद्दी हैं।"

"रीता, ह्विस्की लाओ।"

"वह साकी पड़ी है?" प्राण ने कहा।

"वह पीना है?" मैंने कहा।

"हां अंकल, उस दिन मज़ा आ गया।"

"रीता, साकी की बोतल ले आओ।"

रीता बोतल, गिलास और पानी ले आई। अब केवल बढ़-चढ़कर बोल रहा था, और ह्विस्की के दो पेग के बाद तो वह बहुत कुछ बोलने लगा। कभी लड़के की प्रशँसा करता, जिसे उसने देखा न था, कभी कुछ।

"अब अगली रस्म क्या है?" रीता ने पूछा।

"वह कल दफ्तर में पता चलेगा। मेरा विचार है, चारों पंडित के पास

शादी की तारीख निकलवाने गए हैं।" मैंने कहा।

घर आए मेरे भाई ने भी दो पेग पिए। इनका डिपार्टमेण्ट अलग था लेकिन विभाग केवल वाला ही था। फिर भाई साहब गज़ेटेड अफसर थे। लेकिन बातों में वह भी किसीसे कम न थे।

"अब चलिए घर जाकर खाना बनाना है।" सावित्री ने कहा।

"इतना कुछ तो खा लिया। अब खाने की जगह कहां है।" केवल के सामने बोतल पड़ी थी।

"खाना यहां ही बन जाता है।" मैंने कहा।

"हां, सरोज है, नीलम, रूपा और रोमा हैं, क्या वे चारों खाना नहीं बना सकती हैं?" रीता ने कहा और जाकर इन्हें कहा कि खाना तैयार करो।

खाने और बोतल समाप्त करके वे लोग चले गए। अब हम पति-पत्नी और तीन बच्चे थे।

"मेरा विचार है, ठीक हो गया।" मैंने कहा।

"आपको पांच सौ नहीं देना चाहिए था। अब वे अच्छे दहेज की आशा करेंगे।" रीता ने कहा।

"मैं अच्छा दहेज ही दे रहा हूं।" मैंने मुस्कराकर कहा।

रोमा आ गई।

"आदमी बुरे नहीं हैं।" रोमा ने कहा।

"लड़की, रुपया अपने से छोटे को दो। वह इज्जत करेंगे।"

"वैसे लालची नहीं हैं। रामलाल का तो नोट पकड़ते हुए हाथ कांप रहा था।" रोमा ने मज़ाक उड़ाया।

"रोमा, तुम बहुत बोलती हो।"

"वह अंगूठी की रस्म कब कर रहे हैं?"

"ये बातें केवल पर छोड़ दो। वह कल शाम को फिर आ रहा है। मेरा विचार है ह्विस्की की पेटी मंगा लूं।"

"मैंने तो कहा था।" रीता ने कहा।

"खैर, बाप-बेटा दो बोतल एक ही बैठक में खाली कर सकते हैं।" मैंने

मुस्कराकर कहा।

"पापा, आज तो आप भी पी लें।" रोमा बोली।

"तू अब जाकर सो जा। मैं खाना खा चुका हूं। खाने के बाद ह्विस्की नहीं पीते। चलो भाग जाओ। नीलम कहां है?"

"ऊपर।"

"तुम भी जाओ।"

"मेरे लिए एक गुलाबी रंग की साड़ी खरीदना है।" रीता ने कहा, "बरात आएगी तो गुलाबी रंग की साड़ी पहनूंगी और फेरे के समय बंगलौर सिल्क की।"

"और मैं?"

"आप, भाई साहब और धर्म गुलाबी रंग की पगड़ियां।"

"बस?"

"और दो सूट सिलवा लीजिए। इतने पड़ हैं।"

फिर रात के एक बजे तक हम पति-पत्नी बातें करते रहे। घर में पहली शादी एक बहुत बड़ा हंगामा होती है। रीता हठ कर रही थी कि जिस दिन वे अंगूठी और चुन्नी की रस्म पूरी करने आएं उस दिन हलवाई बिठाइए।

मैं एक दर्शक की भांति यह सब देख रहा था। रुपया मेरा लग रहा था, और हर कोई सलाह दे रहा था।

अगले दिन शाम को केवल और सावित्री आ गए।

"मैं बहुत खुश हूं।" केवल ने कहा।

"क्या हुआ?"

"मोहन और कैलाश को ऐसी आशा न थी। वह तो आज दफ्तर में मकान की बातें कर रहे थे। कहने लगे, 'मकान नहीं कोठी है।' " केवल बोला।

"और मैं इसे झोंपड़ी कहता हूं।"

"भाभी, आज ह्विस्की नहीं मिलेगी?" केवल ने कहा।

"क्यों नहीं?" रीता ने कहा। और व्हिस्की ला दी।

"अब क्या प्रोग्राम बना है?"

"मोहन और कैलाश तो बहुत खुश हैं। वह इस इतवार को अंगूठी की रस्म अदा करने आ रहे हैं।" केवल ने कहा।

"और सगुन?" रीता ने कहा।

"वह उसी दिन लेंगे जिस दिन शादी होगी।

"और कोई बात?"

"शादी की तिथि तीस नवम्बर या दो दिसम्बर है।" केवल ने कहा।

मैंने कलेंडर देखा। "मेरे लिए दोनों ठीक हैं।"

ह्विस्की शुरू हो गई। सावित्री और केवल पूछ रहे थे कि दहेज में क्या कुछ दे रहे हैं? मैं चुप था और रीता भी खुलकर न बता रही थी। हम इन्हें अचम्भे में देना चाहते थे। इसलिए केवल और सावित्री के पल्ले कुछ न पड़ा। केवल सलाह दे रहा था, यद्यपि उसने आज तक लड़की की शादी न की थी। मैं हैरान था कि आज प्राण क्यों न आया था? आज खाना न बनाना पड़ा। वह ह्विस्की पीकर और बातें करके चल गए।

रविवार आ गया। मोहन, कैलाश और उसकी बहिन उषा और उसका पति सुनील आए। इसके अतिरिक्त कैलाश की मां थी। रोमा की पन्द्रह सहेलियां थीं। दस नीलम की थीं। मैंने भी कुछ मित्र बुलाए थे। हलवाई बैठा था। वे लोग ठीक दस बजे आए थे।

वह केवल अंगूठी न लाए बलिक साठ ग्राम का एक सेट लाए। इसके अतिरिक्त साड़ी, कॉस्मेटिकस बॉक्स। साड़ी गहरे नीले रंग की थी। मैं समझ गया, यह कैलाश की पसन्द थी। वह गहरे रंग के कपड़े पहनती थी।

रस्म पूरी हुई। वे लोग खाना खाकर चले गए। अतिथि भी एक-एक करके चले गए।

मैंने शांति की सांस ली।

"अब तक तो सब ठीक है।" मैंने कहा।

"नीलम खुश है।"

"हमारी संतान आज के ज़माने से दूर है। हमने यही शिक्षा दी है।"

"वे लोग तो बहुत कुछ दे गए।"

"ब्याह भी अच्छा करेंगे।"

"वह तो हम भी कर रहे हैं। किसीको नहीं बताया कि हम क्या कुछ दे रहे हैं।"

"लेकिन कुछ तो बताना ज़रूरी है, ताकि केवल, मोहन और कैलाश पर रोब डलता रहे। आज का ज़माना शोर मचाने का है। लोग काम बहुत कम करते हैं और शोर बहुत अधिक मचाते हैं।"

"हम उनमें से नहीं। मैं अचम्भे में विश्वास रखता हूं।"

"खैर, आपकी मर्ज़ी।"

मैंने और रीता ने सुख का अहसास किया। मुझे अब अनुभव हो रहा था कि लड़की की शादी करना सुगम नहीं। केवल पैसे से ही बात नहीं बनती। केवल जैसे लोगों की भी ज़रूरत पड़ती है।

सितम्बर बीत गया। अक्तूबर आधा बीत गया। एक दिन काम का मूड न था। इसलिए मैं दफ्तर से जल्दी घर लौट आया।

"तबीयत ठीक है?" रीता ने कहा।

"हां, बिलकुल ठीक है।"

"जल्दी नहीं आ गए?"

"बस, मूड की बात है।"

"थोड़ा आराम भी ज़रूरी है।"

मैं पलंग पर लेट गया। इतने में टेलीफोन की घंटी बजी। मैं या रीता न उठे। बच्चे ही फोन उठाते थे।

नीलम ने फोन उठाया।

"हेलो।"

"मैं फ्लाइट लेफ्टिनैंट सुदेश शर्मा बोल रहा हूं।" उधर से आवाज़

आई।

नीलम तो घबरा गई। "एक मिनट," उसने कहा और रिसीवर अलग रख दिया। और मेरे पास आई। "पापा, आप फोन सुन लें।"

"किसका फोन है?" मैंने पूछा।

"सुदेश का।"

"सुदेश का!" कहकर मैं उठा। "रीता, तुम बात कर लो।"

"नहीं, आप कीजिए।"

"बेहतर," कहकर मैं ड्राइंगरूम में गया। और रिसीवर उठाया, "हेलो।"

मैं फ्लाइट लेफ्टिनैंट सुदेश शर्मा बोल रहा हूं।

"ओह बेटे तुम?"

"पांव लागूं।"

"जीते रहो। तुमने फ्लाइट लेफ्टिनैंट कहा है?"

"जी हां।"

"मुबारक हो।"

"धन्यवाद।"

"कहां से बोल रहे हो?"

"पालम से।"

"तो घर आ जाओ।"

"अभी आ रहा हूं।"

"आओ, चाय इकट्ठ पीएंगे। कितनी देर में पहुंच जाओगे?"

"बस चल रहा हूं। सरकारी बस या जीप तो है नहीं। मैं टैक्सी में आ रहा हूं।"

"टैक्सी की क्या ज़रूरत है? स्कूटर में आ जाओ। वैसे कब आए हो?"

"पन्द्रह मिनट हुए।"

"अच्छा, आ जाओ, फिर बातें करेंगे।"

"जी।" और फोन बन्द हो गया।

"किसका फोन था?" रोमा मेरे पीछे खड़ी थी। और बातें सुन रही थी।

"तुम्हें पता तो चल गया है। फिर क्यों पूछ रही हो?" मैंने मुस्कराकर कहा।

"कितनी देर में आएंगे?"

"जितनी देर में स्कूटर पहुंचा देगा।"

"खाने के लिए कुछ मंगा लें?"

"अवश्य। अरुण कहां है?"

"आप पैसे दीजिए।"

मैंने बीस रुपये दे दिए। रीता भी आ गई थी। उसने नीलम को पुकारा।

"नीलम, ड्राइंग रूम ठीक कर दो।"

"जी।"

"तुम नरवस तो नहीं हो?" मैंने मुस्कराकर पूछा।

"थोड़ी-सी तो हूं।" रीता बोली, आखिर पहली बार मिल रही हूं ।

सोए हुए घर में जीवन की लहर दौड़ गई और हम प्रतीक्षा करने लगे।

सुदेश हवाई सेना की वर्दी में था। सचमुच वह फ्लाइट लेफ्टिनैंट बन गया था।

"बड़ी देर लगा दी? क्या घर तलाश करते रहे?" मैंने कहा।

उसने मेरे और रीता के पांव को हाथ लगाया। हमने आशीर्वाद दिया।

"मैं यहां दिल्ली आ गया हूं।" सुदेश ने कहा।

सुदेश सचमुच सुन्दर था और वर्दी उसके शरीर पर जंच रही थी।

"आओ बैठो।"

हम सब बैठ गए। दस मिनट बातें करते रहे।

"कब तरक्की हुई?"

"पहली अक्तूबर से।"

"दिल्ली में रहोगे?"

"जी हां।"

"कब तक?" मैंने पूछा।

"एक वर्ष तो रहूंगा, यदि और नये जहाज़ की ट्रेनिंग पर न भेज

दिया गया।

रोमा खाने का सामान ले आई थी।

"नमस्ते।" उसने कहा।

"नमस्ते।" सुदेश ने कहा।

"यह रोमा है। नम्बर दो। बहुत नटखट है। हर समय कोई न कोई शरारत करती रहती है। शुक्र है कि इसने फोन नहीं उठाया। वरना एक घण्टा फोन पर बात कर सकती है। खैर, इतनी देर कैसे हो गई?"

"मैं सब सामान लाया था। और वह कैलाश दीदी के यहां छोड़कर आया हूं।" सुदेश ने कहा।

"सिगरेट पीओगे?"

"जी नहीं, धन्यवाद। मैं सिगरेट, शराब और मीट से दूर हूं।"

"यह तो अच्छी बात है।"

"रोमा, नीलम को बुलाओ।" रीता ने कहा।

"वह ब्रेडरोल बना रही है।"

"तुम बनाओ और उसे भेज दो।"

दूसरे क्षण रोमा और नीलम इकट्ठी आ गईं। नीलम ने नमस्ते कही और बैठ गई। सुदेश ने उसे देखा फिर रोमा से बोला, "तुम ब्रेडरोल नहीं बना रही हो?"

"बन गए।" रोमा ने कहा। वह बातें करना चाहती थी। इस समय ब्रेडरोल कौन बनाता है?

"यहां कौन स्टेशन कमांडर है?"

'विंग कमांडर अशोक लखनपाल।"

"तुम कौन-सा जहाज़ उड़ाते हो?"

"कैनबरा।"

"कितने घण्टे उड़ाते हो गए।"

"लगभग बारह सौ..."

"फिर तो बहुत जल्दी तरक्की हो गई।"

"रूस से नये जहाज़ आ रहे हैं।"

"कौन-सा?"

"नये मिग।"

"वह तो पाकिस्तान के विरुद्ध भी इस्तेमाल हुआ है।"

"अब तो कई स्क्वाड्रन बन गए हैं।"

"तुमने लड़ाई लड़ी है?"

"जी नहीं। उन दिनों मैं सेंट्रल कमांड में था।

"ओह!" मैं खड़ा हो गया। "अच्छा, तुम लोग बातें करो। मैं ऊपर जा रहा हूं।" कहकर मैं चला गया।

"जीजा जी, आपको डर नहीं लगता?" रोमा बोली।

"किस बात का डर?"

"लड़ाई में तो नुकसान ही होता है।"

"खैर, अब जल्दी लड़ाई की कोई आशा नहीं।"

"अच्छा खाइए।"

"तुम हवाई फौज के बारे में इतना कैसे जानती हो?"

"पापा के एक मित्र हैं। एयर कमोडोर रिटायर हुए हैं।" रोमा ने कहा, "फिर पापा हवाई फौज की कहानियां अक्सर सुनाते रहते हैं।"

"आपने बी० ए० किया है?" वह नीलम से अंग्रेज़ी में सम्बोधित हुआ।

"जी हां।"

"किस वर्ष में?"

नीलम ने वर्ष बताया।

"और अब क्या कर रही हो?"

"फ्रेंच भाषा सीख रही हूं।"

"वह किस काम आएगी?"

"बेकार बैठा नहीं जाता।"

"ओह! तो कानून पढ़ा होता?"

"आप क्या इसे वकील देखना चाहते हैं?" रोमा कूद पड़ी। वह चुप

नहीं रह सकती थी।

"नहीं। कभी मैंने सोचा था कि वकील बनूंगा। फिर पाइलट बन गया। एयर कमोडोर का क्या नाम है?"

"बलदेव शर्मा।"

"वह एयरफोर्स सेलेक्शन बोर्ड के प्रेज़ीडेंट थे। जब ग्रुप कैप्टन थे, उन्होंने ही मेरा इण्टरव्यू लिया था। आजकल कहां हैं?"

"दिल्ली में।"

"क्या कर रहे हैं?"

"एक मिनी बस है, और एक डी० एल० जेड० टैक्सी।" रोमा ने कहा।

"मैं रसोई देखती हूं, तुम बातें करो।" रीता भी खड़ी हो गई।

"मैं खाना नहीं खाऊंगा।"

"क्यों?"

"दीदी नाराज़ होंगी। वह दफ्तर से आएंगी और उन्हें पता चलेगा कि मैं आ गया हूं तो वह मेरी प्रतीक्षा करेंगी।"

"मैं फोन कर देती हूं।" रोमा ने कहा, "दीदी के घर का नम्बर हमारे पास है।"

"अभी दफ्तर से नहीं आई होंगी। आठ बजे आएंगी। लेकिन मैं खाना उनके साथ खाऊंगा। वरना वह नाराज़ हो जाएंगी।"

"मैं उनकी अनुमति ले लूंगी।"

"अब तो मैं यहां आ गया हूं। दो दिन में मेरा स्कूटर आदमपुर से आ जाएगा। फिर जितनी बार कहो, खाना खा लूंगा।"

"आपने कौन-सी पिक्चर देखी है?" रोमा ने प्रश्न किया।

"जो दिखाई जाती है। हमारा अपना सिनेमा है। आदमपुर अच्छा-खासा अड्डा है।"

"रोमा!" रीता ने पुकारा।

"आई मामा।" कहकर वह चली गई।

"आप बहुत खामोश हैं?"

"आप जो पूछेंगे, मैं जवाब दे दूंगी।" नीलम ने कहा।

"मेरा आना बुरा तो नहीं लगा?"

"किसे?"

"आपके पापा को?"

"जी नहीं। वह थोड़े-से आज़ाद ख्याल के हैं, वैसे पुरानी प्रथा के भी पुजारी हैं। फिर आर्टिस्ट हैं।"

"यह आपकी ममी की जवानी की तस्वीर है?" सुदेश ने एक फोटो की ओर संकेत किया।

"जी हां।"

"आपके पापा ने बनाई है?"

"जी हां!"

"बहुत अच्छे कलाकार हैं। मैं हिन्दी नॉवल नहीं पढ़ता। लेकिन इनकी प्रशंसा सुनी है।"

"बस दाल-रोटी मिल जाती है।"

"इसे दाल-रोटी कहते हैं तो मुर्गा और मछली किसे कहते है?"

नीलम मन्द-मन्द मुस्करा दी।

"यहां कहां रहेंगे?"

"छावनी या धौला कुआं। वहां क्वार्टर हैं। बल्कि अच्छे फ्लैट हैं। कल स्टेशन कमांडर को रिपोर्ट करूंगा, फिर पता चलेगा कि कहां फ्लैट मिल रहा है।"

रोमा फिर आ गई और दोनों बातें करने लगे। सुदेश ने एक लतीफा सुनाया। सब हंस दिए। बस फिर क्या था, रोमा शुरू हो गई।

मैं थोड़ी देर के लिए नीचे आया और एक लिफाफा सुदेश का ओर बड़ा दिया। आखिर वह पहली बार घर आया था। उसमें क्या था, वह जाकर दीदी को बता देगा।

आठ बजे सुदेश चला गया।

फिर उसके रोज़ फोन आने लगे। दिल्ली के निकट ही एक हवाई अड्डा

है, वहां उसकी नियुक्ति हो गई।

केवल अब अक्सर आता था। दहेज तैयार था। रोमा और अरुण के कपड़े और सूट सिल गए। रीता गुलाबी साड़ी के लिए हठ कर रही थी। मैं जानता था कि ऐसी साड़ी केवल शादी पर पहनी जाती है। केवल को खुश करने के लिए मैं सरोज के लिए भी गुलाबी साड़ी खरीद लाया।

पहली दिसम्बर आ गई। कार्ड बंट चुके थे। शामियाने-कनात, बिजली, क्रॉकरी, फर्नीचर, दरिया, सोफे और खाने का ठेका दे दिया गया। दूसरी दिसम्बर को वे दो बजे आ गए। और उन्हें एक धर्मशाला में ठहरा दिया गया। मेरठ से केवल एक बस और कार आई थी। बाकी लोग यहां ही जमा हो गए। सुदेश के साथी अफसर सरकारी जीप में आए। सब मिलाकर बरात की संख्या दौ सौ से अढ़ाई सौ हो गई। लेकिन मैंने सात सौ व्यक्तियों के खाने का प्रबन्ध किया था। नीलम की सहेलियां थीं। रोमा का अपना ग्रुप था।

रीता का कोई भाई-बहिन न था। इसीलिए मामा की ड्यूटी धर्म को पूरी करनी पड़ी। खाना बहुत अच्छा बना था। जो शादियों में नहीं खाते थे, उन्होंने भी खाया। दहेज तीन घरों में बिखरा पड़ा था। ग्यारह बजे बस चली गई, लेकिन लगन का समय रात डेढ़ बजे था। रामलाल और उनकी पत्नी रुक गए।

कन्यादान हो गया और आंसुओं के साथ डोली विदा हो गई। डोली सुबह चार बजे गई। मैं थक गया था। जिसको जहां जगह मिली वह वहां ही सो गया।

मैं और धर्म रह गए।

"एक बोल कम हो गया।" धर्म ने कहा।

"तुम्हें ह्विस्की कहां से मिली?" मैंने मुस्कराकर पूछा।

"रात को आधी बोतल बच गई थी। और रडियोग्राम के पास पड़ी

थी।”

“शराब को तो तुम एक मील से सूंघ सकते हो। अब क्या हालत है नशे की?”

“बस, उतर गया।”

“तो बोतल निकालूं?”

“है?” धर्म ने पूछा।

“क्यों नहीं?” और हम दोनों ने पांच बजे सुबह पीना शुरू कर दिया।

“कितने वर्ष छोड़े हुए हुए?”

“दो वर्ष एक मास।”

“आज तो अवश्य पीना चाहिए।”

“अब पी तो रहा हूं।”

लोग जो नगद दे गए थे, मैंने कोट और पतलून की जेबों से निकाला। कुछ लोग रीता को दे गए थे। वह भी दे गई। जब गिने तो दो हज़ार सात सौ पचास रुपये थे।

“कितना खर्च हुआ?” धर्म ने पूछा।

“कल पता चलेगा। क्योंकि खाना प्रति व्यक्ति के हिसाब से था। मालूम नहीं कितनी प्लेटें बांटी गई हैं?”

“ऐसी बात थी तो अपने मेहमानों से कह दिया होता कि वह बच्चों के लिए प्लेटें न लें।”

“चलो, क्या अन्तर पड़ता है।”

“ढाई सौ महिलाएं और पुरुष तो बराती थे।”

“सौ के लगभग ने खाना नहीं खाया। बरात देखी और सगुन देकर चले गए।”

“खैर। खाना बहुत अच्छा था।”

“उनके मुंह से सुनना चाहता हूं।” मैंने कहा।

“हर कोई प्रशंसा कर रहा था। मैं तो घूम रहा था। लड़का बहुत अच्छा है। जोड़ी खूब रहेगी।”

"भगवान करे।"

"अन्दाज़ा तो होगा कि कितना खर्च हुआ?"

"चालीस हज़ार के लगभग।"

"अभी तो रोमा है।"

"इसका भी प्रबन्ध कर रखा है। लड़का मिले तो मैं दो मास बाद शादी कर सकता हूं। तुम भाग्यशाली हो जो भगवान ने केवल तीन बेटे दिए हैं। बेटी आज जीवित होती तो तुम्हें भी हुण्डी भरना पड़ती।" मैंने हंसकर कहा।

साढ़े छः बज गए। एक-एक करके मेहमान जागने लगे। मैं और धर्म ह्विस्की पी रहे थे। वह हमें देखते और मुस्कराकर चले जाते।

रोमा आई।

"पापा चाय लाऊं?"

"देखो, मैं क्या पी रहा हूं।"

"आपने फिर शुरू कर दी?"

"आधा बोझ कम हो गया। क्या अब भी नहीं पी सकता था? खैर, यह बताओ, नीलम कब आएगी?"

"शाम को आएंगे।"

"रात ठहरेंगे?"

"क्यों नहीं।"

"मैं अपना बेडरूम नहीं दूंगा।"

"ऊपर हमारे कमरे में सो जाएंगे।"

"फिर ठीक है। अब जाओ। हम सोना चाहते हैं। अब यहां किसीको न आने देना।"

"मैं ज़ीने का दरवाज़ा बन्द करके ताला लगा देती हूं।" रोमा ने कहा।

"बिलकुल ठीक।"

सात बजे धर्म खर्राटे ले रहा था। और पन्द्रह मिनट बाद मैं भी सो गया। कपड़े बदलने की भी फुर्सत न थी; कोट और पतलून समेत सो गया।

दुपहर दो बजे आंख खुली। धर्म सो रहा था।

"अरे उठो। लड़की के मामा! क्या खाना नहीं खाया?"

धर्म ने करवट ली। "क्या बजा है?"

"दो।"

"मेरा तो सिर भारी है।"

"कम पीनी थी। अब और एक पेग पी लो!"

"लाओ, दो।"

मैंने पेग बढ़ाया। "चलो स्नान का प्रबन्ध करते हैं। मेरा विचार है, मेहमान सब चले गए होंगे, क्योंकि शोर नहीं है।"

धर्म ने गिलास होंठों को लगाया और खाली कर दिया।

"बाकी शाम को पीएंगे।"

अरुण नीलम के साथ गया था। तीनों शाम के छः बजे आ गए। अंधरा छा गया था और सर्दी बहुत थी। मैं और धर्म ऊपर बैठे पी रहे थे कि केवल आ गया।

"छुपकर क्यों बैठे हैं?"

"नीचे बच्चे बैठे थे।"

"सुदेश और नीलम से भेंट हुई?"

"हां।"

"खैर, मैं इस शादी से बहुत खुश हूं।" केवल ने अपना गिलास भरा।

"मोहन शर्मा का क्या विचार है? वह मुझे समझा रहा था कि मकई का आटा रख लेना। खाना पसन्द आया?" मैंने मुस्कराकर पूछा।

"पसन्द?" केवल ने सिगरेट का कश लिया। "तमाम बराती केवल एक बात कह रहे थे।"

"क्या?"

"ऐसा खाना खाया है जो न कभी खाया था और न कभी खाने को मिलेगा।" केवल ने कहा, "खैर, मैं बहुत खुश हूं। चालीस हज़ार तो खर्च

हो गया होगा।"

"सात हज़ार दो सौ तो खाने पर खर्च हुए हैं।" मैंने कहा।

"खैर, हर कोई दहेज और खाने की प्रशंसा कर रहा था।"

"रोज़ तो आप यहां आते थे। रात बरात के साथ क्यों आए?"

"दस-बारह आदमी पीना चाहते थे। धर्मशाला में अनुमति न थी। इसलिए मैं इन्हें अपने क्वार्टर में ले गया। खैर, मैं बहुत खुश हूं। अभी तो दहेज की खबरें आएंगी। एक कह रहा था कि कितने ही मकानों में दहेज रखा है!

"केवल साहब, यह सब आपकी बदौलत है।" मैंने मुस्कराकर कहा।

"लड़का बहुत अच्छा है। शराब, सिगरेट, अण्डा, मछली, मीट — किसी वस्तु का प्रयोग नहीं करता।"

"अब रोमा की चिंता कीजिए।"

"क्यों नहीं? फिर रूपा की बारी है।"

"हूं।"

धर्म उठकर बाहर चला गया।

"तुम कहां जा रहे हो?"

"खुली हवा में।"

"बाहर सर्दी बहुत है। और तुम बम्बई के रहने वाले हो। यहाँ ही रहो, वरना ज़ुकाम हो जाएगा।"

इतने में दो-तीन मित्र और आ गए। हर कोई खाने की प्रशंसा कर रहा था।

"लेकिन नान बनाने की अनुमति कैसे मिली!" एक ने कहा।

"अनुमति!" मैं मुस्कराया। "मैं अनुमति नहीं लिया करता। मेरे हाथ बहुत लम्बे हैं। और फोन बहुत दूर तक जा सकता है। दो पार्लियामेण्ट के मेम्बर थे। एक डिप्टी मिनिस्टर था। इंस्पेक्टर तो क्या डाइरेक्टर सिविल सप्लाई भी आ जाता तो नौकरी से हाथ धो लेता।"

"खैर, यह तो आपकी खूबी है कि आप बताते कुछ नहीं, करके दिखा

देते हैं।"

मैं चुप रहा। अब महफिल पर केवल छा रहा था। उसने नशे में दस बार कहा था कि लड़का उसने तलाश किया था। रिश्ता उसने कराया था और इस बार उसने कहा कि चालीस हज़ार रुपया खर्च हुआ है। ऐसे बैण्ड मास्टरों की इस समाज को सख्त ज़रूरत थी।

रात के दस बजे वे लोग दो बोतलें खाली करके चले गए।

धर्म ने दीर्घ नि:श्वास लिया।

"यह कितने घण्टे बोल सकता है?"

"केवल की बात कर रहे हो?"

"हां।"

"मेरा विचार है, यह नींद में भी बोलता रहता है। आओ खाना लें।"

"तमाम नशा खराब हो गया। इतना बोर आदमी मैंने जीवन में आज तक नहीं देखा।"

"छोड़ो उसका किस्सा। अब आराम से शराब पीते हैं।"

"अब और न कोई आ जाए।"

"केवल रोमा खाने के लिए कहने आएगी। यदि उसे अवकाश मिला तो, वरना नीचे जाना पड़ेगा।"

"यहां ही क्यों न मंगा लें?"

"तुम्हारी मरज़ी।"

"मैं कह आता हूं।"

'तुम बैठो। मैं जाता हूं। ज़रा नीचे का नज़ारा भी देख लूं।"

ग्यारह बजे हमने खाना खाया और सो गए।

डेढ़ वर्ष उपरान्त रोमा की शादी एक इंजीनियर से हो गई। और घर वीरान-सा हो गया। अरुण अब कॉलेज में था। वह दोस्तों के पास चला जाता। मैं और रीता अकेले रह जाते। कोई विषय न था जिसपर बात करते।

रोमा बम्बई चली गई थी। और सुदेश की हर दो वष बाद बदली हो जाती।

एक शाम हम केवल के यहां पहुंच गए। वह स्वभावानुसार देसी शराब पी रहा था।

"यह चलेगी? वैसे तो आप ह्विस्की पीते हैं और वह भी महंगी।"

"ऐसी बात तो नहीं। यह भी पी है।"

"फिर गिलास मंगाऊं?"

"मूड नहीं।"

"यह कैसे हो सकता है?" कहकर केवल ने रूपा को बुलाया। अब मैं विवश था। खैर, दौर शुरू हो गया। सावित्री भी आ गई।

"नीलम और रूपा के पत्र आते हैं?" सावित्री ने पूछा।

"जी हां। दोनों खुश हैं।" रीता ने कहा।

"भगवान सबकी लड़कियां खुश रखे।" सावित्री बोली।

"जी हां।"

"खैर, आपको क्या चिन्ता थी, पैसा था तो अच्छे वर मिल गए और आपने शादियां भी अच्छी कीं।"

"सब आपकी मेहरबानी है।" रीता ने नम्रता से कहा।

"प्राण आजकल क्या कर रहा है?" मैंने पूछा।

"नौकरी, और क्या करना है?" केवल ने कहा।

"अब तो आपको रूपा की चिंता करनी चाहिए। कॉलेज में तो पढ़ी नहीं। तमाम दिन क्या करती है?"

"घर का काम।"

"कुछ ब्याह की भी तैयारी की है?"

"वह भी हो जाएगी।"

"तैयारी धीरे-धीरे होती है। एक दिन का काम नहीं।" मैंने कहा।

"हम तो रूपा को ऐसी जगह देंगे जहां सब आराम हों। लड़के का अपना मकान हो। अच्छा कमाता हो। नौकर हो, घर में फ्रिज, टेलीविज़न, गैस और सब आराम की चीज़ें हों।" सावित्री ने कहा।

"ऐसे लड़के भी मिल जाते हैं, लेकिन कानून बनने के विपरीत दहेज की लानत नहीं गई। अब तो लोग शादी के दो दिन पहले गहने और कपड़े के अतिरिक्त सब कुछ लड़के वालों के यहां भेज देते हैं।" केवल बोला।

"सरोज तो नौकर हो गई है।"

"कहां?"

"एक फर्म में।"

"क्या तनख्वाह मिलती है?"

"साढ़े तीन सौ रुपये। और रूपा के लिए भी कोशिश कर रहे हैं।"

"यह तो अच्छी बात है। ज़माना बदल गया है, हर चीज़ मंहगी हो गई है। जब तक पति-पत्नी दोनों न कमाएं, घर नहीं चल सकता।" मैंने कहा।

"हमने नीलम और रोमा के लिए एक सौ सत्तर रुपये प्रति दस ग्राम के हिसाब से सोना खरीदा था। और अब पांच सौ रुपये प्रति ग्राम है। एक समय आएगा कि यह एक हज़ार रुपये प्रति दस ग्राम होगा।"

"सोना तो स्वप्न हो गया है। और स्वप्न हो जाएगा।"

"ऐसी बात नहीं। केवल अमीर लोग पहना करेंगे। ऐसे समय के साथ पचीस ग्राम के सेट बनने शुरू हो गए हैं। और लोग वह ही दे रहे हैं।" सावित्री ने कहा।

"कुछ आपने भी खरीदा?" रीता ने पूछा।

"अभी तो नहीं।" केवल ने कहा।

"अब तो तीन व्यक्ति कमा रहे हैं, इसलिए अब आपको तैयारी शुरू कर देनी चाहिए।"

"घर का खर्च ही पूरा नहीं होता।"

हां, शराब का खर्च बन्द नहीं होता। और जब तक शराब आती रहेगी, यह कभी पूरा न होगा। लेकिन मैं न कह सका। समाज इस बात की अनुमति नहीं देता। फिर किसीके व्यक्तिगत जीवन की बात करना उचित नहीं। सुनने वाला बुरा मान जाता है। शराबियों को अकल से घृणा है।

"हां। यह तो है।" रीता ने कहा। "फिर भी आप यदि हर महीने एक

साड़ी खरीदें तो ग्यारह महीने में ग्यारह साड़ियां बन जाएंगी। इकट्ठी खरीदना तो मुश्किल हो जाएगा।"

"रूपा को नौकरी मिल जाए, फिर तैयारी शुरू कर देंगे। जो वह लाएगी उससे दहेज बन जाएगा।"

"हां, आजकल ऐसा ही होता है। मध्यम वर्ग बुरी तरह पिस रहा है। अमीरों और गरीबों को चिंता नहीं। अमीरों के पास धन है और गरीबों का दिमाग आकाश पर है। हमारे ब्लॉक में तो सब अच्छे लोग रह रहे हैं। लेकिन साथ के ब्लॉक में गरीब हैं। एक ने सूअर पाल रखे हैं और इतना कमा लिया है कि टेलीविजन खरीद लिया। स्वयं कच्ची झोंपड़ी में रहता है। अब सवाल पैदा हुआ कि ऐंटिना कहां लगाए। पास में सरकारी शौचालय है। उसने वहां लगा रखा है।"

"ऐसे कामों में बहुत पैसा है। यहां एक छोले-कुल्चे की रेढ़ी लगाता है। उसके दो मकान हैं।" केवल ने कहा।

"गरीब को गरीब कहकर देखो। वह लड़ने पर उतारू हो जाता है। बेलदार आठ रुपये रोज के मांगता है। स्कूटर वाले रुपये डेढ़ रुपये की सवारी नहीं उठाते। अब गरीब वह गरीब नहीं रहा।" मैंने कहा।

"केवल मध्यम वर्ग, जिसकी आय निश्चित है, पिस रहा है। और बुरी तरह पिस रहा है।"

"हमारे दफ्तर में कुछ लोगों को अस्थायी रूप से रखा जाता है। और रोज के उन्हें साढ़े तीन रुपये मिलते हैं। कल एक नौकरी करने आया। वह एम० एस-सी० बॉटनी था। एम० एस सी० और साढ़े तीन रुपये दैनिक। सरकार यूनिवर्सिटियां खोले जा रही है। शिक्षा आम हो गई है। लेकिन बेरोज़गारी दूर नहीं हो रही।" केवल ने कहा।

"नौकरियां कहां से पैदा हों। एक जगह खाली हुई और दो हज़ार प्रार्थना-पत्र आते हैं। एक बैंक को पच्चीस क्लर्कों की ज़रूरत थी। उन्होंने अखबार में विज्ञापन दिया। और एक लाख इक्यासी हज़ार अरज़ियां आईं। आज से बीस वर्ष बाद जब देश की जनसंख्या अस्सी-नब्बे करोड़ हो जाएगी

तो लोग क्या खाएंगे? आज भी दक्षिणभारत में बड़े-बड़े स्टेशनों पर जो कुली हैं वे अंग्रेजी बोलते हैं।" मैंने कहा।

"बेरोज़गारी कम न होगी। इंजीनियरिंग और मेडिकल कॉलेजों में दाखिला नहीं मिलता। जिन्हें मिल जाता है, और डॉक्टर या इंजीनियर बन जाते हैं उनके लिए नौकरी नहीं। इसीलिए लोग इंग्लैंड और कनाडा जा रहे हैं। पंजाब के गांवों में आठ में से छः घरों पर ताला लगा हुआ है।" मैंने कहा।

"बैंक की नौकरी शाही नौकरी है। एक समय था, अन्य सरकारी कर्मचारियों की बहुत कीमत थी। अब बैंक के क्लर्कों की बहुत कीमत है।" केवल बोला।

"अरुण क्या पढ़ रहा है?"

"बी० कॉम०।"

"उसको बैंक में नौकर कराएंगे?"

"समय आने दीजिए। खैर, आर्टिस्ट वह नहीं बनेगा और न ही मैं उसे बनाना चाहता हूं।"

"लेकिन आर्टिस्टों की तो बहुत कमी है। विज्ञापन देने वाली हर कम्पनी ने दो-तीन और पांच-पांच आर्टिस्ट को काम दे रखा है।" केवल ने कहा।

"वह सही है। लेकिन कम्पनियां बन्द होती रहती हैं। केवल बड़ी-बड़ी फर्में स्थिर रहती है, जो पचीस-तीस वर्ष पुरानी हैं। नई फर्मों को पार्टियां नहीं मिलती हैं। पन्द्रह प्रतिशत कमीशन मिलता है, वह भी उनको जो एसोसिएशन के मेम्बर हैं।"

"खैर, आपको क्या चिन्ता है? दो लड़कियां हैं, उनकी शादी कर दी। दो शादियों पर अस्सी हज़ार खर्च हो गया। मैं पांच हज़ार नहीं खर्च कर सकता।" केवल ने सच कहा।

"इस सूरत में तो रूपा को नौकरी ही करने दीजिए। तब ही बात बनेगी।"

"लेकिन नौकरी कहां मिलती है?"

"किसी फर्म में कोशिश कीजिए। बड़ी फर्मों में टेलेक्स है और टेलेक्स

के इंजीनियर आपके मित्र हैं। इनकी सहायता लीजिए।" मैंने सलाह दी।

"बात तो ठीक है। यह बात तो मेरे दिमाग में ही नहीं आई। मैं कल ही बात करूंगा।" केवल ने कहा।

"अवश्य कीजिए। रूपा छोटी नहीं। रोमा की आयु की है। और रोमा एक लड़के की मां बन चुकी है।" मैंने कहा।

"नीलम के कितने बच्चे हैं?" सावित्री ने पूछा।

"दो। एक लड़का, एक लड़की।" रीता ने कहा।

"फिर तो उसे नसबन्दी करा लेना चाहिए।"

"एक और वच्चे के बाद प्रोग्राम है।"

"साढ़े चार वर्ष हो गए नीलम की शादी को, और ऐसा लगता है जैसे कल की बात हो। दिन तो उड़ते जा रहे हैं।"सावित्री ने कहा।

"खैर, केवल साहब की हिम्मत थी, जो ऐसा अच्छा लड़का मिला।"

"तरक्की हुई?" केवल ने पूछा।

"अभी तो फ्लाइट लेफ्टिनेंट ही है। लेकिन जल्दी तरक्की होने वाली है। हवाई सेना की संख्या बढ़ रही है।"

"इसके बाद क्या बनेगा?"

"स्क्वाड्रन लीडर।"

"और वेतन दो हजार से अधिक हो जाएगा?"

"इतना तो हो ही जाएगा।" मैंने कहा।

"खैर, संजोग की बात है। बात बन गई और आपने शादी पर भी खूब रुपया खर्च किया।" केवल ने कहा, "मोहन शर्मा तो आज तक प्रशंसा करता है। उनके परिवार में आज तक ऐसी शादी न हुई थी।" केवल ने कहा।

"मैंने क्या किया। लड़का आपने ढूंढ़ा और जो नीलम के भाग्य में था वह ले गई।" मैंने कहा।

"फिर भी चालीस हज़ार चालीस हज़ार होता है।"

"अब तो हर वस्तु का भाव दुगना हो गया है।"

"यह सत्य है। सोना महंगा होगा तो सब चीज़ें महंगी होंगी। और महंगाई हमारे देश में ही नहीं तमाम दुनिया में है।"

"टेरालीन की एक कमीज़ साठ-सत्तहर रुपये में बनती है।" केवल बोला।

"सिलाई मार रही है। जिस दरजी को कपड़ा काटना नहीं आता वह पौने दो सौ रुपये सूट की सिलाई मांगता है।" रीता ने कहा।

"दरजियों ने तो कोठियां बना ली हैं।" केवल ने कहा।

"एक दरजी तो लोकसभा का मेम्बर बन गया है।" मैंने हंसकर कहा। "केवल आठ क्लास पढ़ा है और अंग्रेजी में अपना नाम लिख सकता है। लेकिन चार मकान चार मंज़िले बना लिए हैं। स्वयं कोठी में रहता है।"

"जब मैंने एकमज़िला मकान को तिमंज़िला किया तो जिस तरखान ने काम किया था उसका बेटा सुपरिंटेंडेंट पुलिस है। एक बैंक में अफसर है।"

"इनकी बात छोड़िए। इन्हें तो बहुत सुविधाएं प्राप्त हैं। इनके तो दिमाग आकाश पर हैं।" केवल ने कहा, "फिर सरकार की भी सहायता है। जो सवर्ण हिन्दू को पी० एच-डी० करने के बाद नौकरी नहीं मिलती, इन्हें बी० ए० करने के बाद मिल जाती है। इसपर भी वे खुश नहीं।"

"खुश तो कोई भी नहीं। दिल्ली में रेडियो कम है और टेलीविज़न अधिक हैं।" केवल ने कहा।

"किस्तों पर मिल जाते हैं।"

"हां, लेकिन हम तो किस्तों पर भी नहीं खरीद सकते, फ्रिज अवश्य खरीदा है।"

"यह तो चांटे मारकर मुंह लाल करने की बात है। मेरा एक मित्र है। वह एक बहुत बड़ी फर्म का ब्रांच मैनेजर है। एक दिन साबुत उड़द बनाते हैं और चार दिन खाते रहते हैं। फ्रिज का सही उपयोग वह कर रहा है।" मैंने हंसकर कहा।

"हम केवल ठंडा पानी पीते हैं। वरना पकता ही उतना है कि बचता नहीं।" केवल की यह बात मुझे बहुत पसन्द थी। वह झूठ न बोल सकता

था।

“बर्फ भी तो कीमती है?” रीता ने मुस्कराकर कहा।

“हां भाभी, मेरे लिए तो फ्रिज यही काम देता है।” केवल ने कहा।

“बात तो रूपा की नौकरी की हो रही थी।” सावित्री ने कहा

“वह कल बात करूंगा। टेलेक्स के इंजीनियर तो नौकरी दिलवा सकते हैं। मुझे तो ध्यान ही नहीं आया।”

“आपको शराब से ही अवकाश नहीं मिलता।” सावित्री ने मुंह बिगाड़कर कहा।

“अब मेरी शराब को क्यों कोस रही हो?”

“खैर, कल मैं याद करा दूंगी।”

“मुझे याद रहेगा। यह काम तो मोहन शर्मा भी कर सकता हैं।”

“उसे क्वार्टर मिला या अब भी तीन बच्चों के साथ एक कमरे में रह रहा है?”

“मिल गया है।”

“यह तो अच्छी खबर है।”

इतने में सरोज आ गई।

“अंकल नमस्ते, आंटी नमस्ते।”

हम दोनों ने आशीर्वाद दिया। सरोज एक लड़की की मां थी और लड़की चार वर्ष की हो गई थी। वह लड़की से ही तृप्त थी। वह अधिक बच्चे न चाहती थी।

“भाई साहब, आप भी ध्यान रखिएगा।” सावित्री ने मुझसे कहा।

“किस बात का?”

“रूपा के लिए योग्य वर।”

“मैं तो आर्टिस्ट हूं। फिर भी ध्यान रखूंगा।”

“मेरा विचार है अब चला जाए। अरुण भूखा होगा और हमारी प्रतीक्षा कर रहा होगा।” रीता ने कहा।

“मैं तैयार हूं।” कहकर मैंने गिलास होंठों को लगाया और खाली कर

दिया। "आओ चलें।"

"आप आते रहा करें।" केवल बोला।

"अवश्य।" मैंने कहा और आज्ञा लेकर हम पति-पत्नी आ गए। रास्ते में रीता ने बात छेड़ दी!

"ये लोग समझे नहीं जा सकते।" रीता ने कहा।

"क्यों, ऐसी क्या बात है?" .

"फर्नीचर जो सरोज लाई थी उसकी दशा देखी है? मरम्मत मांगता है। लेकिन मरम्मत नहीं कराते। रूपा हायर सेकेण्डरी पास है। यह ठीक है कि कुरूप नहीं, लेकिन मॉडल गर्ल भी नहीं। साधारण-सी घरेलू लड़की है। सावित्री इसका ब्याह वहां करना चाहती है जिसका अपना मकान हो, अच्छी आय हो, घर में सब कुछ हो, कार या स्कूटर हो। भला ऐसे लड़के क्या तीन कपड़ों में लड़की लेंगे?"

"हो सकता है कोई मनचला निकल आए। मेरा भांजा है, अमीर है लेकिन उसने ससुराल से कुछ नहीं लिया। पत्नी को इक्कीस साड़ियां पहना दों। और तीस तोले सोना दिया।"

"सब लड़के चेतन जैसे नहीं होते। चेतन लाखों में एक है। इन्हें भी शायद कोई ऐसा लड़का मिल जाए।"

"घर में फ्रिज आ गया। खाने को रोटी नहीं। हम जितनी देर बैठे रहे, सावित्री हमारे पास बैठी रही। क्या शाम का खाना नहीं बनाते?"

"शायद सरोज बनाती हो।"

"सुबह दफ्तर जाती है। शाम को इस समय थककर आती है। और अब खाना बनाएगी। ये तो स्वप्नलोक में रहते हैं। यदि रूपा की नौकरी लग गई तो क्या वेतन मिलेगा?"

"शिक्षा के हिसाब से सवा दो या ढाई सौ मिल जाएंगे, इससे अधिक नहीं।"

"उस दिन सराज कह रही थी, घर में चादरें तक नहीं हैं। जो वह लाई थी वे फट गई हैं। और स्नान के लिए तौलिया नहीं। साबुन की एक टिकिया

खरीदते हैं। दाल पाव-भर खरीदते हैं।

पहली को सबको तनख्वाह मिल जाती है। इकट्ठा राशन क्यों नहीं खरीद लेते?"

"सब बाबू ऐसा ही करते हैं। फिर शराबी के घर का नक्शा ऐसा ही होता है।"

"रूपा छोटी नहीं। रोमा को समवयस्क है और रोमा चौबीस वर्ष की हो गई है।"

"रीता, हम लाखों से कम हैं और करोड़ों से अच्छे हैं। गरीबी हमने भी देखी है, लेकिन शान से काटी है। किसीके आग हाथ नहीं फैलाया और ये लोग जहां से कर्ज़ा मिले, लेने को तैयार हैं।" मैंने कहा।

"और उतारेंगे कैसे?"

"उतारने का प्रश्न नहीं। मालूम है, दफ्तरों में कुछ बाबू महाजन का काम करते हैं और ब्याज पर रुपया देते हैं। ब्याज की दर पांच-सात रुपये प्रतिशत प्रति मास होती है। इन्होंने भी इसी प्रकार कर्ज़ लिया होगा। मेरा विचार है, बेटे की शादी का कर्ज़ा अभी तक नहीं उतरा। मूलधन से ब्याज अधिक दे दिया होगा। इनके साथ ही नहीं, अस्सी प्रतिशत बाबू कर्ज़ के बोझतले दबे हैं। केवल बीस प्रतिशत अपनी आय में निर्वाह करते हैं। और फिर इस घर में दो शराबी हैं।"

"फिर अमीर लड़का कहां से मिलेगा?"

"वैसे तो संयोग की बात है। लेकिन मेरा विचार है, दो-तीन वर्ष बाद किसी पैंतीस-चालीस वर्ष के रंडुए से विवाह कर देंगे।"

"यह तो अन्याय होगा।"

"किसके साथ?"

"रूपा के साथ। शराब पिता और भाई दोनों पीते हैं। रूपा का क्या दोष है?"

"रीता! तुम इस समाज को बदल नहीं सकती। ये इन लोगों में से हैं जो चिंता और सोच से बहुत दूर हैं। ताज़ा पकाया और खा लिया।"

"यह तो ठीक नहीं।"

"अब माता-पिता बेहतर जानते हैं। तुम क्यों चिंता करती हो। जब शादी होगी एक सौ एक रुपया सगुन दे देना।"

"वह तो दे, देंगे। लेकिन एक सौ एक से शादी नहीं होती। ये हमारे पास हज़ार-दो हज़ार मांगने आएंगे।" रीता ने कहा।

"इसकी चिंता न करो। मैं जानता हूं, मैं कितनी मेहनत से पैसा कमाता हूं। और पैसे की कद्र करता हूं। इनकी तरह से हवा खाकर जीवित नहीं रहता। इन लोगों को अच्छी बात पसन्द नहीं। ये अक्ल के दुश्मन हैं। इन्हें इनके हाल पर छोड़ दो।"

"अब हम इतने करीब आ गए हैं, इसलिए चिंता करती हूं।" रीता ने कहा।

"बस, बात यहां तक ही रखो। मध्यम वर्ग पिस रहा है। और कुछ अपनी गलतियों की वजह से मुसीबत को दावत देते हैं।"

"क्या यह समाज बदल रही सकता?"

"अब तो बदल रहा है। ब्राह्मण, क्षत्री और वैश्य परस्पर शादियां करने लगे हैं। मजबूरी की वजह से समाज बदल रहा है। सरकार की वजह से नहीं।"

"मैं यह सोचती हूं कि बीस वर्ष बाद क्या होगा?"

"जो अब हो रहा है। अखबार खोलकर देखो। मामूली-सी रकम के लेने-देने पर कत्ल हो रहे हैं। जहां लड़का अठारह वर्ष का हुआ उसने जेब में चाकू रखना शुरू कर दिया। दिन-दहाड़े, स्त्रियों के गले से सोने की चेन उतरने की घटनाएं आम हो गई हैं। पुरुषों की घड़ी और पैसे छीन लेते हैं। पुलिस कुछ नहीं कर रही है। और फिर करे भी क्यों? इन्हें हिस्सा मिल रहा है। जेबकतरों की संख्या सैकड़ों में नहीं हज़ारों में है। भूख बहुत कुछ कराती है।" मैंने कहा।

"और सरकार तमाशा देख रही है।"

"जो आवाज़ उठाता है, उसपर झूठा मुकदमा बना दिया जाता है। एक समय आएगा कि स्त्री शाम को सात बजे के बाद घर से बाहर न निकल

सकेगी।"

"फिर इलाज क्या है?"

"प्रथम तो सोना ही बहुत महंगा हो गया है। साढ़े पांच सौ का दस ग्राम है। दस वर्ष बाद एक हज़ार का दस ग्राम होगा। मध्यम वर्ग सोना न खरीद सकेगा और न ही पहन सकेगा।"

घर आ गया था। अरुण मित्रों से बात कर रहा था। हमें देखकर आ गया।

"मम्मी, आप लोग कहां चले गए थे?"

"केवल के घर।"

"अब उनके साथ क्या काम है और पापा, आपने देसी शराब पी रखी है?"

"हां बेटा। उन्होंने ज़बरदस्ती पिला दी।"

"फिर कष्ट होगा।"

"तो बंद कर दूंगा।"

"तुम्हें तो भूख लगी होगी?" रीता ने कहा।

"सवा नौ बज रहे हैं। अभी भी नहीं लगेगी?"

"दस मिनट में खाना लो। मैं दाल और सब्ज़ी पकाकर गई थी। और पांच मिनट में रोटी बना देती हूं।" कहकर रीता ने फ्रिज से दाल, सब्ज़ी और आटा निकाला।

"आप खाना खा रहे हैं?"

"तुम्हारे साथ।"

"पिता और पुत्र क्यों नहीं इकट्ठे खा लेते?"

"जैसी तुम्हारी इच्छा।"

उस रात हम देर तक केवल की बातें करते रहे।

दो मास व्यतीत हो गए। मैं दफ्तर से आया और ह्विस्की पी रहा था।

रीता स्वेटर बुन रही थी। अरुण बाहर था।

"मैं भीतर आ सकती हूं।" आवाज़ आई।

"यह तो सरोज की आवाज़ है।" रीता ने कहा।

"सरोज! तुम हो?" रीता ने पुकारा।

"हां आंटी।"

"आ जाओ।"

सरोज बेडरूम में आ गई, और कुर्सी पर बैठ गई।

"हद है। आप पति-पत्नी बात नहीं करते?" सरोज ने हंसकर कहा।

"क्यों?" रीता ने प्रश्न किया।

"मैं पन्द्रह मिनट से बरामदे में खड़ी हूं। यदि कोई और आ जाए तो बर्तन उठाकर ले जाए और आपको पता तक न चले।" सरोज ने कहा।

"भगवान रखवाला है। जब से नीलम और रोमा गई हैं, घर सूना हो गया है। अब तो यदि कोई बात होती है तो उस दिन, जिस दिन इनका पत्र आता है।" रीता बोली।

"दोनों मज़े में हैं?"

"हां। तुम दफ्तर से आ रही हो?"

"जी हां।"

"फिर तो तुम्हें चाय पिला दूं।"

"अंकल! आप ह्विस्की पीकर भी नहीं बोलते?"

"बोलता हूं। सुनाओ, केवल साहब का क्या हाल है।"

"वही पुरानी चाल।"

"रूपा को नौकरी मिली?"

"मिल गई। आप कह आए थे। और टेलेक्स के इंजीनियर ने एक फर्म में ढाई सौ रुपये पर नौकर करा दिया है। लेकिन फरीदाबाद जाना पड़ता है। प्रातः साढ़े सात बजे कम्पनी की बस पकड़नी पड़ती है। बहुत कठोर जीवन है।"

"कुछ ब्याह की भी तैयारी की?"

"डैडी 'टाइम्स ऑफ इंडिया' हर रविवार पढ़ते हैं और रिश्ते के बारे में पत्र लिखते हैं। लेकिन बात सिरे नहीं चढ़ी।" सरोज ने कहा।

"रीता, तुम चाय तो ले आओ।"

"ऐसी ज़रूरत नहीं।"

"क्यों नहीं? दफ्तर में आठ घंटे काम करने के बाद एक घंटे में बस मिलती होगी।"

"मैं सब बातें सुनना चाहती हूं। जब तक मैं चाय न लाऊं आप कोई बात न करें।"

"बेहतर।"

गैस पर चाय तैयार होने में चार मिनट लगते हैं। और रीता चाय ले आई।

"हां, अब सुनाओ।" उसने चाय, नमकीन, काज़ू और तली दाल छोटी मेज़ पर रख दी।

"सुनाना क्या है? इस घर का नक्शा नहीं बदल सकता। न मालूम रूपा की शादी कब और कैसे करेंगे। और मेरी हालत है कि नौकरी मिली तो शादी में जो भारी साड़ियां मिली थीं व पहनकर जाती थी। पतिदेव ने इतने वर्षों में एक सादी-सी साड़ी भी नहीं खरीदी। अब मैंने तीन साड़ियां दफ्तर के लिए खरीदी हैं।"

"वैसे क्या हाल है?"

"घर का?"

"हां।"

"बाप बेटे से नहीं बोलता। बेटा बाप से नहीं बोलता। मां बेटे से नहीं बोलती।"

"अब तो पर्याप्त रकम घर आती है। केवल साहब कितना कमाते हैं?"

"सात सौ वेतन है। ढाई सौ ब्याज देना पड़ता है। क्वार्टर का किराया। बिजली-पानी का बिल। और बाकी की शराब।"

"और प्राण?"

“वह चार सौ कमा रहे हैं। सौ रुपया मां को दे देते हैं। और तीन सौ अपनी जान पर खर्च कर देते हैं। अपने लिए कपड़े भी खरीद लेते हैं। पर बेटी के लिए या मेरे लिए कुछ नहीं।”

“तुम?”

“मैं भी अब चार सौ कमा रही हूं। दो सौ रुपया घर में देती हूं। शेष खर्च हो जाते हैं। रूपाली को स्कूल में प्रवेश करा दिया है। अभी के० जी० में है। तीस रुपये फीस। पन्द्रह रुपये बस का किराया, फिर यूनिफॉर्म और घर में पहनने के कपड़े। अट्ठाईस रुपये में तो शूज़ मिलते हैं। महंगाई ने कमर तोड़ दी है।” सरोज का स्वर भर्रा गया। इस घर में कोई किसीसे नहीं बोलता। जिसको भूख लगती है, वह अपना खाना पका लेता है।” यह कहकर उसकी आंखों में आंसू आ गए और उसने बैग से रूमाल निकालकर चेहरा छुपा लिया।

मैंने रीता को और रीता ने मुझे देखा। मैंने इशारा किया कि उसे दिलासा दो। रीता ने उसे अपने पास पलंग पर बिठा लिया।

“सरोज, पागल न बनो। ऐसे बच्चों की तरह रोते नहीं। सब दिन एक-से नहीं होते।”

सरोज ने आंसू साफ किए, “आंटी, न मालूम यह ज़ुल्म कब समाप्त होगा। डैडी तीन वर्ष बाद रिटायर हो रहे हैं। पेंशन में न मालूम कैसे निर्वाह होगा। सरकारी क्वार्टर खाली करना पड़ेगा। और मकानों के किराये आकाश को छू रहे हैं। मैं तो सोच-सोचकर परेशान हो जाती हूं। इससे तो कुंआरी अच्छी थी। शराब पीने के बाद साढ़े ग्यारह-बारह बजे रात गए तक डैडी हर किसीको गंदी गालियां देते हैं। अब शराब पर भी कंट्रोल नहीं।”

“धीरज रखो। भगवान सब ठीक करेगा।”

“एक दिन डैडी मेरे दफ्तर अचानक आ गए। मेरा दुर्भाग्य कि एक लड़का मेरी कुर्सी के बाज़ू पर बैठा था। बस, उस रात उन्होंने शराब पीने के बाद क्या कुछ नहीं कहा, बता नहीं सकती। पड़ौसी मज़ाक उड़ाते हैं। आखिर क्यों न उड़ाएं? उनकी नींद खराब होती है। वे सो नहीं सकते।”

"विवाह की कोई तैयारी की है?" रीता ने प्रश्न किया।

"तैयारी?" सरोज ने दीर्घ निःश्वास लिया। "एक मित्र काश्मीर से अखरोट की लकड़ी की एक ट्रे लाया था वह दहेज में देनी है। और इसके अतिरिक्त एक साड़ी एक सौ बीस रुपये की खरीदी है।"

"इस तरह कैसे बात बनेगी?" रीता बोली।

"मैं स्वयं हैरान हूं। रूपाली पर बुरा प्रभाव पड़ता है। वह गालियां सुनती है तो डर जाती है।"

"यह तो सच है।"

"मैं तो यहां तक तैयार हूं, कि जो कुछ मैं दहेज में लाई थी उसमें से दो साड़ियां इसी तरह पड़ी हैं। मैं वे दे सकता हूं, और चार चूड़ियां दे सकती हूं।"

"एक ओर वे कहते हैं कि लड़की को वहां देना है जहां सब कुछ हो। दूसरी ओर कोई तैयारी नहीं। अब वह ज़माना तो रही नहीं कि सगाई के पांच-छः वर्ष बाद शादी हो। अब तो इधर बात हुई और दो-चार मास बाद शादी हो गई।"

"यही तो है। मेरी समझ में कुछ नहीं आता। हर ओर अंधेरा ही अंधेरा है। इन्हें शराब से अवकाश मिले तो ब्याह की सोचें।"

"लेकिन पत्र-व्यवहार तो कर रहे हैं। शायद कोई ऐसा लड़का मिल जाए जो दहेज न चाहता हो।"

"अंकल, ऐसे लड़के कहां हैं?"

"शायद मिल जाए।" मैंने धीरे से कहा।

"कठिन है।"

"संभव तो नहीं।"

"जब बात न बनेगी तो तंग आकर किसी रंडुवे से शादी कर देंगे।" सरोज ने कहा।

मैं और रीता चुप रहे।

"अंकल, आप समझाइए। आपकी तो बहुत इज़्ज़त करते हैं।"

“इसलिए समझाता नहीं, ताकि इज़्ज़त कायम रहे; जानती हो बया ने बन्दर को अकल की बात कही थी और अपना घर बरबाद करा लिया था।” मैंने कहा।

“बात तो ठीक है।”

“खैर, मैं किसी दिन आऊंगा।”

“अवश्य आइए।”

“मैं देशी शराब से डरता हूं, वरना आने को तो सप्ताह में एक बार आ सकता हूं।”

“अब वह तो पीनी पड़ेगी।” सरोज ने मुस्कराकर कहा।

उसने अपना बैग खोला। और पचीस रुपये निकाले। “आटी, आप यह रख लें।”

“मैं रख लूं?” रीता ने कहा।

“हां, ओवर टाइम के मिले हैं। घर ले गई तो सबसे पहले मेरे बैग की तलाशी ली जाती है। मैं थोड़े-थोड़े पैसे आपको देती रहूंगी। और वे रूपाली की शिक्षा पर काम आएंगे। पिता को तो चिंता नहीं।”

रीता ने रूपये रख लिए।

“हम अगले मास कमेटी शुरू कर रहे हैं। केवल दस रुपये मासिक। दस मेम्बर हो गए हैं। तुम भी मेम्बर बन जाओ।” रीता ने कहा।

“मुझे स्वीकार है।” सरोज ने कहा और खड़ी हो गई।

“अच्छा। अब चलती हूं। वरना जवाब देना पड़ेगा कि इतनी देर कहां लगा दी।”

“जब जी उदास हो तो यहां आ जाया करो।” रीता ने कहा।

“क्यों नहीं? आपके सिवा और कौन है। मैं राखी और टीके के पैसे भी डैडी से नहीं लेती। उन्हें कह रखा है, अपने पास जमा रखें; जब आवश्यकता होगी ले लूंगी।” सरोज बोली।

“अच्छा करती हो।”

“अच्छा अंकल। अच्छा आंटी।”

"जाओ बेटी।"

सरोज चली गई।

"आज तो सरोज ने भी कह दिया कि कोई रंडुवा ही मिलेगा।"

"क्यों नहीं। और पैसे के ज़ोर पर रूपा को ले जाएगा। सचमुच शराब ने हज़ारों घर बरबाद कर रखे हैं।" मैंने कहा।

"पेट में रोटी नहीं और महलों के स्वप्न देख रहे हैं। इस प्रकार के लोग भी जी लेते हैं।"

"कोई चिंता नहीं और अब रूपा कमाने लगी है, इसलिए सोचने की बात नहीं रही।"

"अब तो चार मेम्बर कमा रहे हैं।"

"लेकिन शराब की दुकानें कभी खाली नहीं होती हैं।" रीता ने हंसकर कहा।

"नौ बजने वाले हैं और अरुण अभी तक नहीं आया।" मैंने कहा।

"यहीं गली में होगा।"

"मुझे एक पेग दो। और खाने की तैयारी करो।" मैं बोला।

"दाल, सब्ज़ी और रायता तैयार पड़ा है। केवल रोटियां पकनी हैं।

"तो पेग लाओ।"

रीता पेग लाई।

"दफ्तरों में यही होता है।"

"क्या?"

"लड़के लड़कियों की कुर्सियों के बाज़ू पर बैठते हैं।" रीता ने कहा।

"इसीलिए मैं नौकरी के विरुद्ध हूं, वरना सरोज को नौकरी दिलवा सकता हूं। और सुनो, तुम यह मुसीबत या परेशानी क्यों मोल ले रही हो?"

"कौन-सी?"

"कमेटी वाली। सरोज की कमेटी अन्त में निकालना। वरना पैसे नहीं आएंगे।"

"आप चिंता न करें। मैं ऐसा ही करूंगी।"

"केवल ठीक कहता है कि उसने जीवन में केवल दो नेक काम किए हैं। एक सरोज को बहू बनाया; और दूसरा, हमारे लिए लड़का बताया।"

"हमारी लड़कियां सयानी हुईं तो मेरी रातों की नींद हराम हो गई थी।"

"अपने-अपने कर्म हैं।"

"एक ट्रे और एक साड़ी से शादी हो जाएगी?"

"अब रूपा स्वयं बना लेगी।"

"पांच वर्ष लग जाएंगे।"

"केवल की बला से।"

"फिर तो क्वार्टर भी न होगा।"

"अब हम क्यों चिंता करें?"

हम ग्यारह बजे तक इनकी ही बातें करते रहे लेकिन हम कुछ न कर सकते थे।

एक दिन मैं बैठा पी रहा था। रीता स्वेटर बुन रही थी कि प्राण और रूपा आ गए।

नमस्ते के बाद वे बैठ गए।

"डैडी का क्या हाल है?" मैंने पूछा।

"ठीक है। वह और ममी नागपुर गए हैं।"

"वहां कौन है?"

"डैडी का भाई है। उसकी लड़की की शादी है।" प्राण ने कहा।

"कब आएंगे?"

"तीन दिन बाद। अंकल, आपसे एक ज़रूरी बात करनी है।"

"अवश्य करो।"

"एक लड़का रूपा को पत्र लिखता है। मैं उसे पीटने लगा था। फिर सोचा, आपसे सलाह कर लूं।"

"क्या रूपा भी लिखती है।"

"आज मैंने एक पत्र पकड़ लिया। और इसे पहले पीटना चाहता था। खैर, पत्र आपको पढ़कर सुनाता हूं।"

"नहीं। मैं लोगों के पत्र नहीं पढ़ता और न ही सुनता हूं। तुम रूपा को क्यों पीटना चाहते हो? पत्र लड़का लिखता है। उसे पीटो। रूपा का क्या दोष है?"

अब प्राण निरुत्तर हो गया।

"तुमने शराब बन्द की है या रोज़ पीते हो?" मैंने कहा, "और अब भी पी रखी है?"

प्राण ने उत्तर न दिया।

"बेटा, घर में बेरी हों तो पत्थर आते ही हैं। कभी कोई रिश्ते की बात हुई?"

"डैडी पत्र तो बहुत लिखते हैं लेकिन अभी बात नहीं बन सकी।"

"कुछ तैयारी की है?" रीता ने कहा।

"हां। पांच साड़ियां बना ली हैं।"

"वह तो अच्छी बात है।" रीता ने कहा।

"और ज़ेवर?"

"वह तो नहीं है। घर में ममी का थोड़ा-सा सोना है, उससे ही कानों के कांटे और एक अंगूठी बन जाएगी।"

मैं चुप हो गया।

"अब तुम्हें कितना बेतन मिलता है?"

"वही साढ़े चार सौ।"

"और सरोज को?"

"उसे भी चार सौ रुपये मिल रहे हैं।"

"रूपा, तुम्हारी तरक्की हुई?"

"अंकल, अब मैं तीन सौ कमा, रही हूं।"

"यानी साढ़े ग्यारह सौ तुम तीनों कमा रहे हो। और तुम्हारे डैडी सात

सौ कमाते हैं। अब तो हालात ठीक हो जाने चाहिए।"

"मंहगाई बहुत है।"

"वह तो सबके साथ है। लेकिन तुम शराब क्यों नहीं छोड़ देते?"

"अब छुटती नहीं।"

"कोशिश करो। अभी तो जवान हो। पांच वर्ष बाद छोड़ना मुश्किल हो जाएगा।"

"कोशिश करूंगा।" कहकर उसने सिगरेट सुलगाई।

"दिन में कितनी सिगरेट पी जाते हो?"

"पाँच पैकेट।"

"एक पैकेट कितने का आता है?"

"एक रुपये का।"

"यानी पांच रुपये रोज़। डेढ़ सौ रुपये महीना। घर में क्या देते हो?"

"सौ रुपये।"

'और सरोज?"

"वह दो सौ रुपये दे रही है।"

"शेष।"

"दो सौ रुपये डैडी देते हैं। बाकी किराया कट जाता है। बिजली-पानी का भी बिल आता है।"

"सरोज को क्यों नहीं लाए? उसे मिले एक मुद्दत हो गई है।"

"आप हमारे यहां आते ही नहीं।"

"काम बहुत है।स्टूडियो से आता हूं तो थक जाता हूं। अब तो इक्यावन वर्ष का हो गया हूं।"

"आप क्यों इतना काम करते हैं? लड़कियों की अच्छी जगह शादी हो गई। लड़का है, वह कौन-सी क्लास में है।"

"बी० कॉम० फाइनल ईयर में है।"

"बी० कॉम० के बाद क्या करेगा।"

"यह तो परिणाम पर निर्भर है। यदि सेकेंड क्लास आती है तो एम०

कॉम० करेगा। वरना किसी बैंक में नौकरी कर लेगा।" मैंने कहा।

"चार्टर्ड एकाउंटैण्ट क्यों नहीं बनाते?"

"वह बाद की बात है। पहले बी० कॉम० तो कर ले।"

"वह तो फिल्मों में भी जा सकता है। और आपकी जान-पहचान भी है।"

"नहीं। वह फिल्म लाइन में नहीं जाएगा। फिर हमारे पास कौन होगा? हम तो अकेले रह जाएंगे। हमने नीलम से कहा था कि लड़की हमें दे लेकिन वह मानी नहीं।"

"सुदेश की तरक्की हुई?"

"नहीं। अभी फ्लाइट लेफ्टिनैंट ही है।"

"रोमा का क्या हाल है?"

"मज़े में है।"

"फिर रूपा का क्या करूं?"

"उस लड़के से मिलो। कहां रहता है?"

"छः क्वार्टर छोड़कर।"

"उसका इलाज करो। रूपा का कोई दोष नहीं। लड़का दोषी है।"

"अंकल, एक पेग मिलेगा?"

"अवश्य मिलेगा। रीता, एक पेग प्राण साहब को दो।" मैंने मज़ाक उड़ाया। "लेकिन मेरे सामने न पीना। बाहर डाइनिंग रूम में जाकर पी लो।"

"आपके विचार बहुत पुराने हैं।"

"अब इस उम्र में बदल नहीं सकते।" मैं प्राण को घृणा की दृष्टि से देखता था। ऐसा असभ्य और धृष्ट लड़का मैंने न देखा था। जैसा पिता, वैसा बेटा।

प्राण उठकर चला गया।

"रूपा, क्या तुम भी पत्र लिखती हो?" मैंने धीरे से पूछा।

"नहीं अंकल।"

"अंकल बच्चा नहीं है।" मैंने मुस्कराकर कहा।

"तुम उसे मिलती तो हो?" मैंने फिर पूछा।

रूपा ने उत्तर न दिया। इसका मतलब था कि वह मिलती थी।

प्राण लौट आया। वह होंठ साफ कर रहा था। और होंठ साफकर सोफे पर बैठ गया और सिगरेट फूंकने लगा।

"रूपा के लिए कोई लड़का देखा?" मैंने पूछा।

"अभी तो नहीं। डैडी कोशिश कर रहे हैं।"

"हां, संयोग की बात है।" मैंने धीरे से कहा।

"आप भी कोशिश कीजिए।"

"वह में कर रहा हूं।" मैंने सोचा कि मैं गलत आदमी से बात कर रहा हूं। इसलिए बात खत्म कर दी।

रीता प्राण से बातें करती रही, जिसका कोई सिर-पांव नहीं था। मैंने पान मुंह में रख लिया।

आधे घण्टे बाद उन्होंने जाने की अनुमति मांगी।

"मिलते रहा करो।" मैने साधारणतया कहा।

"अवश्य अंकल।" और नमस्ते कहकर बहिन-भाई चले गए।

"बड़ा ही बदतमीज़ लड़का है।" मैंने कहा।

"शराब आदमी को धृष्ट बना देती है। फिर शराब तो इनकी कमजोरी है।" रीता बोली।

"रूपा किसी लड़के से प्रेम करती है?"

"आप कैसे कह सकते हैं?"

"मैंने पूछा था कि तुम लड़के से मिलती हो? तो वह चुप रही।"

"उसी लड़के से शादी क्यों नहीं कर देते?"

"वह अमीर न होगा।"

"ये अमीर लड़का तो ढूंढ़ रहे हैं लेकिन इनकी जेब में क्या है?"

'स्वप्न लेने में क्या हानि है।"

"ये स्वप्न तो स्वप्न ही रहेंगे और देखते-देखते रूपा तीस वर्ष की हो जाएगी।"

“अब इन्हें कोई समझा भी तो नहीं सकता कि आकाश में न उड़ो। ज़मीन पर रहते हो, ज़मीन की बात करो।”

“रोमा अब चौबीस वर्ष की है। और यही उम्र रूपा की होगी।

“अवश्य!”

“न मालूम ये कौन-सी दुनिया में रहते हैं! एक दिन रूपा इस लड़के के साथ भाग जाएगी तो फिर नाक न कटेगी?”

“नाक हो तो कटेगी ही।”

“नीलम की शादी पर केवल इतना खुश था कि जैसे सारा रुपया इसने ही लगाया हो।”

“ऐसे लोग खुश ही रहते हैं। क्या ह्विस्की नहीं मिलती पीने को?”

“यह शराब इस लड़की की जिन्दगी खराब कर रही है। सावित्री को भी क्या हो गया है!”

“उसकी आंखें नहीं देखीं? मेरा विचार है, वह भी एक-दो पेग पी लेती होगी।”

“बड़ी बात नहीं।”

इतने में अरुण आ गया।

“हेलो पापा।”

“तुम्हारा कॉलेज कैसा चल रहा है?”

“ठीक है।”

“बी० कॉम के बाद क्या करना है?”

“कानून पढ़ूंगा।”

“वकील बनना चाहते हो?”

“जी हां।”

“लेकिन सफल वकील बनने के लिए दस-बारह वर्ष मेहनत करनी पड़ती है। दिन में कचहरियों में रहो। शाम को मुवक्किलों को मिलो।”

“आप किसी बड़े वकील के साथ लगा दीजिएगा।” अरुण ने कहा।

“हां। यह हो सकता है। मदन वालिया मेरा सहपाठी है और अब

उसकी अच्छी प्रैक्टिस है। लेकिन याद रखो, एल-एल० बी० के दाखिले के लिए पचास प्रतिशत नम्बर लेना पड़ेंगे।"

"दो वर्ष का परिणाम आपके सामने है!"

"अब तक तो ठीक हो।"

"खाना लगा दें?" रीता बोली।

'मैं दो पेग पीऊंगा।"

"आप इतनी देर से शुरू करते हैं कि रात के ग्यारह बजे खाना खाते हैं।"

"तुम और अरुण खा लो।"

"यही करना पड़ेगा।" कहकर रीता खड़ी हो गई और मेरा पेग ले आई।

सरोज दफ्तर से अक्सर हमारे यहां आ जाती और घर की बातें सुनाती। उसे हमारे घर में शांति मिलती थी। हम इसके अंकल-आंटी नहीं बल्कि माता-पिता बनकर रह गए थे।

समय व्यतीत होता गया। नवम्बर का महीना था। लेकिन सर्दी शुरू हो गई थी। मैं शाम को लौटा तो रीता ने कहा :

"केवल के यहां चलें?"

"इनका ख्याल कहां से आ गया?"

"रोमा आई थी। वह उनसे मिलना चाहती है।"

"तो रोमा मिल लेगी।"

"फिर भी इनका हाल तो पता करें। वे यह न सोचते हों कि हमारी लड़कियों की शादी हो गई और अब इनके यहां जाना ही बन्द कर दिया।"

"ऐसी बात है तो चलते हैं।"

इतने में नीलम की बेटी आभा आ गई। आभा से मैं बहुत प्यार करता

था। और वह भी मुझसे बहुत घुल-मिल गई थी। खाना मेरे साथ खाती। शाम को स्टूडियो से आता तो कन्धों पर सवार हो जाती और कहती, "चल घोड़े।" और मुझे धोड़ा बनना पड़ता।

"नीलम बेटा?" मैंने पुकारा।

नीलम आ गई।

"नीलम बेटा, हम केवल के यहां जा रहे हैं। तुम शाम का खाना तैयार कर देना।"

"खाना तो तैयार है।"

"एक घण्टे में आ आऐंगे।"

"आभा, सैर करने जाना है?"

"जाऊंगी।"

"इसका फ्राक बदल दूं।" नीलम ने कहा।

"अच्छा -भला तो है।"

"आपकी मरज़ी।"

"वहां रूपाली से खेलती रहेगी।"

"पापा, आप देसी शराब न पीना।"

"उसने विवश किया तो पीनी पड़ेगी।"

आभा ढाई वर्ष की थी। वह काफी मोटी थी। और बहुत सुन्दर थी। वह हमारे आगे-आगे थी। बाज़ार जाएं तो वह उंगली छुड़ाकर कभी भाग जाती, कभी कोई दुकान देखने लगती। इसकी एक खूबी थी कि कभी कोई चीज़ न मांगती थी।

मैं और रीता आभा के साथ धीरे-धीरे चल रहे थे।

"मेरा विचार है कि रूपा की बात चल रही है।" रीता ने कहा।

"क्या सरोज ने कहा था?"

"उसने हलका-सा संकेत किया था।"

"कब आई थी?"

"कल।"

"कल शाम मैं देर से आया था, इसलिए भेंट नहीं हो सका। तुम इसीलिए जाना चाहती हो?"

"कुछ पता तो चलेगा।"

"लेकिन बात हो रही होती तो हमें सूचित तो करते।"

"बात ही ऐसी होगी कि हमें बताना न चाहते होंगे।" रीता ने कहा।

"खैर।"

हम बातें करते हुए उनके घर पहुंच गए। प्राण घर के बाहर चारपाई पर बैठा था और ज़मीन पर बोतल थी, हाथ में गिलास था।

"हेलो अंकल! हेलो आंटी!"

"हेलो! डैडी है?"

"जी हां। भीतर बैठे हैं।"

"क्या कर रहे हैं?"

"जो हर शाम करते हैं।"

"हूं।" कहकर मैंने खुले दरवाज़े पर दस्तक दी। भीतर से केवल की आवाज़ आई।

"कौन है?"

"में।" कहकर भीतर चला गया। आभा मेरे साथ थी! रीता भी आ गई।

"शाम शुरू हो गई?" मैंने सोफे पर बैठते हुए कहा।

"बिल्कुल।'

सावित्री भी बैठी थी।

"आप पति-पत्नी कोई खास बात कर रहे थे?"

"नहीं।"

"सावित्री, विनोद साहब के लिए गिलास लाओ।" सावित्री उठकर चली गई।

"आज शराब का रंग दूसरा है।"

"यह यू० पी० की बनी है और अस्सी डिग्री की है।"

"यह कहां से मिल गई?"

"मैंने एक अड्डा तलाश कर लिया है।"

सावित्री गिलास और पानी ले आई।

"अब आप अधिक न पीना।" सावित्री ने पति से कहा।

"मैंने अधिक कब पी है?" केवल बोला और मेरे गिलास में शराब ढालने लगा। "नीलम और रोमा कैसी हैं?"

"ठीक हैं। नीलम हमारे यहां है और रोमा ससुराल में है।" मैंने कहा।

"दोनों इसी शहर में हैं?" सावित्री ने पूछा।

"जी हां।"

"यह तो खुशी की बात है।"

"आज आपने ऐसी बात क्यों कही!" मैंने बिलास उठाते हुए कहा।

"सावित्री। बता दें?" केवल ने पूछा

"क्यों नहीं? आखिर अब छुपाने से क्या प्राप्त होगा?" सावित्री बोली।

"कोई अच्छी खबर है!" रीता बोली।

"हां भाभी। हम रूपा का रिश्ता कर रहे हैं।"

"यह तो बड़ी खुशी की बात है। कहां कर रहे हैं? लडका कैसे मिला? किसने बताया?" रीता ने कई सवाल कर डाले।

इतने में सरोज भी आ गई, और नमस्ते कहकर बैठ गई।

"बात बन गई। अखबार के द्वारा पत्र-व्यवहार हुआ। वे लोग रूपा को देखने आए और उन्हें रूपा पसन्द आ गई। कल सगुन देना है।"

"कल!" मैं बोला।

"जी हां।"

"आपने तो चर्चा ही नहीं की। हम तो यूं ही आ गए, वरना हमें पता ही न चलता।"

"मैं कल सुबह प्राण को आपकी ओर भेज रहा था।" केवल ने कहा।

"कल सगुन देना है? कल तो रविवार है, और यह कार्तिक का महीना है, इस महीने में तो लोग सगुन या शादी नहीं करते।" मैंने धीरे से कहा।

"वे लोग ज़ोर डाल रहे हैं।"

"आपने तैयारी कर ली?"

"वह केवल तीन कपड़ों में लड़की को ले जाएंगे। मैंने कह दिया था कि हमारी अभी तैयारी नहीं लेकिन उन्हें रूपा पसन्द आ गई। वे केवल लड़की चाहते हैं।" केवल ने कहा।

बात कुछ अजीब-सी थी। यह किस प्रकार का सगुन था जो अशुभ महीने में हो रहा था?

"लड़का क्या काम करता है?" मैंने पूछा।

"ठेकेदारी करता है।"

इसका मतलब था कि लड़का कुछ न करता था। जो कुछ नहीं करता है वह ठेकेदारी करता है या बीमा एजेण्ट होता है।

"लड़के की उम्र क्या है?"

"यही छब्बीस-सत्ताईस वर्ष की। बहुत सुन्दर है।" केवल कौतूहल बढ़ा रहा था। "पिता सरकारी नौकर है। फॉरेन सर्विस में अफसर है मिस्र में। और तीन दिन बाद फिर जा रहा है वहीं। तीन वर्ष के लिए।"

"शादी कब होगी?"

"एक सप्ताह के भीतर।"

अब तो कौतहूल बढ़ता जा रहा था। केवल असल बात बताने से हिचकिचा रहा था।

"सगुन कब देना है?"

"कल सुबह दस बजे।"

"हमारे योग्य सेवा बताइए।"

"सब कुछ आपको करना है। आप कोई उपहार न देंगे। हमें मकद रुपये की ज़रूरत है। आप नकद रुपया दे दें।"

"कल तो रविवार है और घर में दो-तीन सौ रुपये होंगे।" मैंने कहा। यद्यपि जिस बैंक में मेरा खाता था वह शनिवार को बंद होता था और रविवार को खुलता था।

"रुपया तो अधिक चाहिए।" सावित्री ने कहा।

"कितना?"

"छ:-सात सौ।"

"सगुन पर इतने रुपये की क्या ज़रूरत है?"

"हमारे पास तो केवल एक सौ बीस रुपये हैं। दो भाई हैं। वे सहायता कर रहे हैं। एक भाई एक हज़ार रुपया दे रहा है। दूसरा खाने का सारा बोझ उठा रहा है।"

"और दहेज?"

"कहा न, वह केवल लड़की चाहते हैं। और रूपा उन्हें पसन्द है। फिर जोड़ी भी खूब रहेगी।" केवल ने कहा और गिलास खाली कर दिया। "सिवाय कार के उनके पास सब कुछ है। अपना मकान है बल्कि न्यू राजेन्द्र नगर में कोठी है।"

"बात कब से चल रही है?"

"पन्द्रह-बीस दिन से। वे अभी उठकर गए हैं।" केवल ने कहा।

"आपने कोठी देखी है?"

"जी हां।"

"कितने बहिन-भाई हैं?"

"दो भाई हैं। दूसरा छोटा है। स्कूल में पढ़ता है। बहिन कोई नहीं। वह मिस्र जाने से पहले शादी करना चाहता है। रूपा भी शादी के बाद मिस्र चली जाएगी।"

"लड़के का नाम क्या है?"

"यशपाल।"

"वे बहुत जल्दी में हैं।" केवल रुककर बोला।

"जल्दी के काम ठीक नहीं होते।"

"मैं आपसे भी सलाह करना चाहता था। लेकिन समय ही नहीं मिला। वे हर शाम आ जाते थे।"

अब मैं समझ गया था और मैंने अंधेरे में तीर फेंका।

"लड़का कुंआरा है?"

"जी नहीं। पहले एक बंगाली लड़की से लव मैरिज की थी। कुल्लू में ठेकेदारी करता था। वह लड़की स्टोव के फट जाने से जलकर मर गई।" केवल ने कहा।

"बच्चे कितने हैं?"

"केवल एक लड़की है, तीन वर्ष की। लेकिन मां-बाप यानी दादा-दादी ने उसे गोद ले लिया है। वह इनके पास नहीं रहेगी।" केवल बोला।

"तो लड़का विधुर है?"

"हां।"

"इसीलिए वे तीन कपड़ों में लड़की ले रहे हैं।" मैंने कहा।

"पैसे वाले हैं?"

"वह तो होंगे।"

"फर्क क्या पड़ता है? जब मेरी शादी हुई थी, घर में सास न थी और इनके भाई छोटे थे। मैंने उन्हें पाला था।" सावित्री ने कहा।

अब मैं निरुत्तर हो गया।

"उन्होंने तो कहा है कि कुल्लू जाकर पता कर लीजिए। लड़की ने आत्महत्या नहीं की थी बल्कि वह दुर्घटना थी।" केवल ने कहा।

"और आपने यह बात मान ली?" मैंने कहा।

"आदमी बहुत शरीफ हैं।"

"इसीलिए इतनी जल्दी शादी करना चाहते हैं।" मैंने कहा।

"क्या आपको पसन्द नहीं?" केवल ने पूछा।

"मैं चुप रहा।"

"अंकल। आपने राय नहीं दी?" सरोज ने कहा।

मैं फिर भी कुछ न बोला। आखिर शराबी से क्या आशा की जा सकती

थी? उसने आत्महत्या की थी या उसे मार डाला गया था और रुपये से पुलिस का मुंह बंद कर दिया गया था।

असली बात कोई नहीं जानता था।

"मैं तो कहती हूं। यदि लड़की रखनी भी पड़े तो क्या अन्तर पड़ता है?" सावित्री बोली।

उस दिन सरोज ने इशारा तो किया था कि रंडुवा मिल जाए तो शादी कर देंगे। यह शादी नहीं हो रही थी। लड़के वाले पैसे के ज़ोर पर रूपा को खरीद रहे थे और केवल शराब पीकर उसे बेच रहा था। यह तो सौदा हो रहा था। अब मैं बिल्कुल चुप रहा था।

"क्यों बहिन जी, ठीक नहीं...?" सावित्री ने रीता से पूछा, जो मुझे देख रही थी।

"आपके देवर क्या कहते हैं?" रीता ने उल्टा प्रश्न कर डाला।

"वह तो राज़ी हैं।" सावित्री बोली।

"अंकल, आप सही राय दें।" सरोज बोली।

"बेटा, जो हो रहा है, ठीक ही हो रहा है। एक खुशी की बात है कि लड़का छब्बीस-सत्ताईस वर्ष का है, अधिक आयु का नहीं।" मैंने कहा। आखिर खोटा सिक्का चल रहा था। वे केवल को सोचने का अवकाश ही नहीं दे रहे थे। वे शाम को आते होंगे, जब केवल देसी शराब पी रहा होता था। "फिर आप लोग कहा करते थे कि रूपा की शादी वहां करेंगे जिसकी जायदाद हो, रुपया हो, नौकर हों, फ्रिज और टेलीविज़न हो। और ये सब बातें रूपा को मिल रही हैं।"

"रूपा राज करेगी।" सावित्री ने कहा।

"क्यों नहीं?"

"यह तो मगवान ने किया है वरना उन्हें और लड़कियां भी मिल सकती थीं। लेकिन उन्हें रूपा ही पसन्द आई।" सावित्री बोली।

मेरे जी में आया कि शराब की बोतल उठाकर बाहर फेंक दूं। लेकिन मैं कौन था, मेरा रिश्ता ही क्या था? मुझे क्या अधिकार प्राप्त था? केवल

की जो आर्थिक स्थिति थी वह छुपी न थी। एक भाई खाने का बोझ उठा रहा था। दूसरा एक हज़ार दे रहा था। मुझसे छ:-सात सौ की आशा रखते थे। और भी जिससे बात की होगी, उससे पैसा मांगा होगा। सहानुभूति के तौर पर सभी देते होंगे। रूपा सुधीर से प्रेम करती थी। और सुधीर एक क्लर्क था। प्रेम, इश्क, वायदे-कस्में आज के ज़माने में कोई कीमत न रखते थे। यह बसरे का बाज़ार था जहां स्त्रियां खुले बाज़ार बेची जाती थीं।

"नौ बज गए। आभा के दूध का समय हो गया है। अब हमें आज्ञा दें। सुबह साढ़े नौ आ जाएंगे।" मैंने उठते हुए कहा।

"आप अधिक से अधिक नकद लाएं।" सावित्री ने दूसरी बार कहा।

"कोशिश करूंगा। यदि इतबार न होता तो फिर चिंता न थी। खैर, आप चिंता न करें। रीता, आभा को बुलाओ।"

"मैं लाती हूं।" सरोज ने कहा। "वह रूपाली के साथ खेल रही हैं।"

"वैसे मैं गलत तो नहीं कर रहा?" केवल ने पूछा।

"नहीं। आप शराब पीजिए।" मैंने मुस्कराकर कहा। "शराब दुनिया की हर चिंता का इलाज है।" कहकर मैं बाहर आ गया।

बाहर प्राण चारपाई पर बैठा था, और शराब पी रहा था। उसने उठना ज़रूरी न समझा। मैं भी उससे न बोला।

रास्ते में रीता ने कहा :

"यह क्या हो रहा है?"

"इससे बेहतर हो भी नहीं सकता।"

"लेकिन रूपा तो बहुत गंभीर स्वभाव की है।"

"इसीलिए सूली पर चढ़ रही है।"

"क्या पहली पत्नी जलकर मरी थी?"

"जलकर मरी थी या आत्महत्या की थी; भगवान बेहतर जानता है। बंगाली लड़कियां बहुत भावुक होती हैं और देश में सबसे अधिक आत्महत्या बंगाली लड़कियां ही करती हैं। आखिर शराब ने गुल खिला

दिया। एक सौ बीस रुपये में सगुन दे रहे हैं और कितने गर्व से कह रहे हैं कि एक भाई खाने का बोझ उठा रहा है और दूसरा एक हज़ार रुपया दे रहा है। और लड़की का पिता देसी शराब पी रहा है। पैसे में बहुत ताकत है और लड़के वालों ने देख लिया होगा कि इनके पास पैसा नहीं है। वे पैसे के बलबूते पर शादी कर रहे हैं। चलो, अच्छा है। एक घर शराब पीने को मिला।"

"केवल अपने समधी की शराब पी सकता है?"

"शराबी क्या कुछ नहीं कर सकते?"

"कार्तिक में सगुन दे रहे हैं। और कार्तिक ही में शादी कर रहे हैं।"

"तुम देखती जाओ। वे उसे सोचने का समय ही नहीं दे रहे हैं। बड़ी बात नहीं कि कल शादी के बाद फेरे भी हो जाएं।'

"क्या ऐसा हो सकता है?"

"सब कुछ हो सकता है।"

"रूपा खुश रहेगी?"

"अभी क्या कहा जा सकता है? पैसे से जो खुशी मिल सकती है वह मिल जाएगी। और इधररूपा एक लड़के से प्रेम करती है।"

"आपने दो वर्ष हुए कह दिया था कि रूपा की शादी किसी रंडुवे से होगी।"

"यही होना था।"

"छब्बीस-सत्ताईस वर्ष का लड़का है।"

"बत्तीस वर्ष का पुरुष भी छब्बीस वर्ष का हो सकता है। वे कुंडलियां नहीं मिला रहे हैं, रूपा को खरीद रहे हैं।"

"लानत है ऐसी शराव पर।"

घर आ गया था।

"नीलम, रूपा की कल मंगनी हो रही है।"

"क्या?"

"हां। सही बात है।"

मां-बेटी ने बातें शुरू कर दी और मैंने ह्विस्की का पेग बनाया। मैं रूपा

के भाग्य पर आंसू बहाना चाहता था। फिर रोमा के पड़ोस में फोन था। वह नम्बर मिलाया और रोमा को बुलाया। और रोमा से कहा कि कल सुबह तुम्हारी सहेली का सगुन है। दस बजे पहुंच जाओ।

उस रात रीता देर तक केवल और सावित्री की बातें करती रही।

"आप कितना नकद दे रहे हैं?"

"जो भी दूंगा वह वापस तो मिलेगा नहीं!" इसलिए इक्यावन सगुन में दे रहा हूं।"

"और छः सात सौ?"

"यदि उसने मांगा तो तीन सौ दे दूंगा।" मैंने कहा।

"हां। ठीक है। तीन सौ बहुत हैं।"

"रूपा पर क्या बीत रही होगी?"

"तुम क्यों चिंता करती हो? रूपा जाने और उसके माता-पिता जानें। आखिर खोटा सिक्का चल ही गया। कार के सिवा घर में सब कुछ है। और पैसा बहुत-सा करिश्मा दिखा सकता है। गरीबी अभिशाप है, शराब अक्ल की दुश्मन है। अब बाप-बेटा उनके यहां जाकर पिया करेंगे।"

"यह तो ठीक नहीं। शर्म नाम की भी कोई वस्तु है?"

"बह शराब में डूब गई। और अब तुम सो जाओ।" मैंने कहा 'कल देखो क्या होता है?"

"हूं।" रीता ने कहा, और चुप हो गई। लेकिन मैं देर तक न सा सका। मेरी आंखों के सामने रूपा का भोला-भाला चेहरा घूम रहा था।

अगले दिन हम सब तैयार हो गए। मैंने अरुण को पांच सौ का चेक दिया कि बैंक से रुपया निकलवाकर केवल के यहां आ जाए।

मैं, रीता, नीलम और उसके दोनों बच्चे केवल के घर चल दिए। वहां पहुंचे तो देखा कि शामियाना और कनात लगी थी। रोमा अपने पति भूषण

के साथ पहुंच चुकी थी।

"यह क्या? सगुन के लिए इतना बड़ा शामियाना और यह कागज़ के फूल। ये तो बड़े ठाट से सगुन दे रहे हैं।" मैंने कहा।

केवल दरवाज़े पर ही खड़ा था। उसके सिर पर गुलाबी रंग की पगड़ी न थी, बल्कि एक पटका-सा था।

"आप लोग आ गए?"

"जी हां।"

"सगुन के लिए बड़ी सजावट है।"

"सगुन ही नहीं दे रहे हैं बल्कि शादी भी हो रही है।" केवल ने कहा।

"क्या मतलब?"

"रात आपके जाने के बाद वे लोग आ गए। उन्होंने कहा कि शादी कर दो।"

"तो शादी अभी यानी दिन में ही हो रही है?"

"जी हां।"

"और कार्तिक में?"

"वे इन बातों की परवाह नहीं करते।"

"ओह!"

"रात ही हलवाई का प्रबन्ध किया। सुबह सब्ज़ी मंडी से सब्ज़ियां और फल लाए। इधर आइए।"

वह हमें जाफरी में ले गया।

"ये मिठाई के एक-एक किलो के पांच डिब्बे हैं। ये मैंने खरीदे हैं। और यह फलों का टोकरा एक भाई ने दिया, जो खाने का खर्च उठा रहा है।"

"बहुत खूब।"

"अब आप कोई काम बताओ।" मैंने सोचकर पूछा।

"नहीं, नहीं, आप कोई काम न करें। आप आराम से बैठें।"

"नहीं, नहीं, कोई काम हो तो बताइए।"

"हलवाई काम कर रहे हैं। कॉफी और कोला का प्रबन्ध है।" केवल ने कहा।

"शादी कब हो रही है?"

"वे साढ़े दस बजे आ रहे हैं। केवल पच्चास आदमी बरात में ला रहे हैं।"

"चलिए, यहां तक तो ठीक है। अच्छा, मैं मेहमानों का स्वागत करता हूं।"

हम बाहर आए। वह दरवाज़े की ओर बढ़ गया, और हम कुर्सियां खींचकर बैठ गए।

रोमा और भूषण भी हमारे पास आ गए। बच्चे खेल में व्यस्त हो गए।

"इस तरह तो गुड़िया की शादी भी नहीं होती।" मैंने धीरे से कहा।

"अब आप देखते जाइए।"

दस-बारह अतिथि केवल के भी थे। और धीरे-धीरे लोग आते जा रहे थे।

अचानक सावित्री आ गई।

"बधाई हो।" रीता ने कहा।

"आपको भी। वह आपने पैसे का प्रबन्ध किया है?"

"हां, अरुण ला रहा है।"

"बस, हमें तो नकद की ज़रूरत है। एक देवर के पास अमेरिका से आया सूट का कपड़ा था, उसे रात सिलने को दिया, लड़के के लिए। अभी तैयार होकर आता है।"

"बहुत अच्छा है।"

"हम गहने नहीं दे रहे हैं। क्योंकि आज बैंक बन्द है और गहने लॉकर में पड़े हैं।" सावित्री ने कहा, "अच्छा मैं ज़रा मेहमानों को देख लूं।" कहकर वह चली गई।

"यदि समाज में ऐसी शादियां होने लगीं तो मध्यम वर्ग को कोई चिंता न रहे।" मैंने कहा।

"इसका कौन-सा ज़ेवर है जो लॉकर में पड़ा है।" रीता ने मुस्कराकर कहा।

नीलम और रोमा उठकर चली गईं। शायद रूपा को मिलने।

"मुझे तो दाल में काला नज़र आ रहा है।" रीता ने कहा। "कहां सगुन की बात हो रही थी और रात ही रात में शादी का फैसला हो गया और शादी की तैयारियां भी हो गईं।"

"मेरा विचार है लड़के वाले चाहते हैं कि कोई केवल के कान न भर दे। आखिर लड़का रडुंवा है और पत्नी जलकर मरी थी।"

"यही बात है तभी तो बे रस्म-रिवाज की परवाह न करके शादी कर रहे हैं।"

नीलम और रोमा आ गईं।

"क्यों?" रीता ने पूछा।

"ठीक है। मैं तो रोमा का मेकअप ठीक करने गई थी।" नीलम ने कहा।

"रूपा से भेंट नहीं हुई?"

"वह तो चुपचाप बैठी है। एक सहेली ने सोने के टॉप्स दिए हैं, और एक सहेली ने अंगूठी दी। सरोज भाभी ने चार चूड़ियां दी हैं।"

"लाल चूड़ा पहना है?"

"जी हां।"

"लड़के का सूट भी भाई ने दिया है।" रीता बोली।

"कभी ऐसी शादी देखी है?" रीता ने कहा।

"सिख लोग तो दो दिन में शादी करते हैं।"

"मेरा विचारहै बैंड और घोड़ी भी न होगी।" रीता ने मुस्कराकर कहा।

"अब तो केवल को बोतल खोल लेनी चाहिए।" मैंने धीरे से कहा।

"डोली विदा करके खोल लेगा।" रीता बोली।

"खैर, जो कुछ हो रहा है वह समझ में नहीं आ रहा है।" मैंने कहा और पान मुंह में डाल लिया।

साढ़े दस बजे तक चालीस और पचास मेहमान आ गए। वेदी भी बना दी गई थी। रात ही रात में और सुबह ही सुबह हर काम हो गया था।

"प्रोग्राम क्या है?" मैंने पूछा।

"मैं सरोज भाभी से पता करती हूं।" कहकर नीलम चली गई।

"रोमा! तुम क्या दे रही हो?"

"इक्यावन रुपये।"

"ठीक है। अधिक मत देना। क्योंकि मुझसे छः-सात सौ रुपये मांगे हैं।"

"आप कितने दे रहे हैं?' रोमा ने पूछा।

"अभी फैसला नहीं किया। क्योंकि सावित्री ने कर्ज़ नहीं मांगा बल्कि मदद मांगी है। इसलिए सोच रहा हूं कि क्या दूं? सगुन पर तो लड़के को इक्यावन दे रहा हूं। उन्होंने दो बार इक्कीस-इक्कीस दिए थे।"

इतने में मोहन शर्मा की पत्नी कैलाश भी आ गई। वह भी हमारे साथ ही बैठ गई।

"यह तो कुछ समझ में नहीं आया। इन्होंने फोन किया था कि सगुन देना है। यहां आई तो पता चला है कि शादी हो रही है।" कैलाश ने कहा।

"लड़का रडुवा है।" रीता ने कहा।

"क्या?"

"हां। पहली पत्नी स्टोव के फटने से जलकर मर गई थी। वैसे लड़के पैसे वाले हैं। वे पैसे के ज़ोर पर सब कुछ कर रहे हैं।"

दूर से बैण्ड की आवाज़ सुनाई दी।

"मेरे विचार में बरात आ रही है।" मैंने कहा।

"हां। रास्ते में और शमियाने नज़र नहीं आए।" रीता ने कहा।

"इस महीने में तो शादियां नहीं होतीं।" कैलाश ने कहा।

“यह खास शादी है।” रीता ने कहा।

बैण्ड अब निकट आ गया था। हम सब खड़े हो गए। शेष मेहमान भी खड़ हो गए।

तीन-चार लड़के भंगड़ा नाच रहे थे। बरात में पचीस के लगभग महिलाएं और पुरुष थे। “मेरा विचार है, ये लोग टैक्सियों में आए हैं।”

“एक प्राइवेट टैक्सी भी है।”

खैर, बैण्ड ने पूरा ज़ोर लगाया और फिर पंडित ने अपना काम शुरू किया। समधी आपस में गले मिले। सावित्री लड़के की मां के गले मिली।

वे लोग भीतर आए। लड़का सचमुच छब्बीस-सत्ताईस वर्ष का था और सुन्दर था। वह विधुर न दिखाई पड़ता था। मैंने दीर्घ निःश्वास लिया।

सगुन की रस्म शुरू हो गई। प्राण ने लड़के को टीका लगाया और उसे एक सौ एक रुपया दिया।

“मैंने कहा था, हम कुछ नहीं लेंगे।” लड़के के पिता ने कहा।

कुछ लोगों ने लड़के की झोली में रुपये डाल दिए। इक्यावन मैंने भी डाल दिए। लड़के के पिता ने सारा रुपया सावित्री को दे दिया। कुछ देर बहस हुई और सावित्री ने सारा रुपया अपने पास रख लिया। जिन्होंने दिया था उनको नहीं लौटाया।

पिता ने केवल एक रुपया रख लिया।

“पंडितजी, लगन शुरू कर दीजिए।” पिता ने कहा।

पंड़ित और लड़का उठकर वेदी पर चले गए।

“कन्या को बुलाओ।” पंडितजी ने कहा।

सावित्री रूपा को लाई। वह चार-पांच सहेलियों में घिरी हुई थी। उसके चेहरे पर खुशी न थी, बल्कि बहुत गंभीर थी वह। उसे जो कहा जाता वह कर देती।

पंडित ने मंत्र पढ़ने शुरू कर दिए।

इतने में शामियाने के दूसरी ओर से रोने की आवाज़ें आईं। फिर यह आवाज़ बढ़ती गई।

"क्या हो गया?" मैंने पास खड़े व्यक्तियों से पूछा।

कोई गया और खबर लाया, "एक नवयुवक ने विष खा लिया है और मर गया है।"

"दुनिया में कितने रंग हैं। यहां शादी हो रही है और पचास गज़ की दूरी पर शोक छाया था। प्राण ने रेकॉर्ड बजाने वाले से कहा कि पूरे ज़ोर-शोर से रेकॉर्ड बजाएं ताकि रोने की आवाज़ सुनाई न दे।

"पापा! निश्चित है कि सुधीर ने आत्महत्या कर ली है।" रोमा ने कहा।

"सुधीर कौन?" मैंने पूछा।

"वह रूपा से प्रेम करता था और कहता था कि यदि उसके साथ उसका ब्याह न हुआ तो वह आत्महत्या कर लेगा।" रोमा ने कहा।

"अब प्रश्न यह उठता है कि पहले डोली उठेगी या अर्थी?" मैंने कहा।

बात रूपा तक भी पहुंच गई। लेकिन फेरे समाप्त हो गए थे। रूपा की शादी हो गई थी। वह भीतर चली गई।

"अब क्या होगा?" मैंने पूछा।

"अब रूपा लड़के के साथ उसके घर जाएगी, मां भी साथ होगी। वहां छोटी-सी रस्म के बाद ये आ जाएंगे और खाना शुरू हो जाएगा।" नीलम ने कहा।

"यानी गौना की रस्म अदा हो रही है।"

"हां पापा।"

लड़के वालों की ओर से बरात में डी० आर० लखनपाल था और मैं उन्हें जानता था। मुझे देखकर वह मेरे पास ही आ गए और कुर्सी खींचकर बैठ गए।

"शादी बड़ी जल्दी में की है।" मैंने कहा।

"हां। मोतीलाल मिस्र जा रहा है।" लखनपाल ने कहा।

"लड़के का क्या नाम है?"

"यशपाल।"

"उसकी पहले भी शादी हुई थी?"

"हां, लेकिन लड़की को सब सुख मिलेंगे। मोतीलाल बात का बहुत पक्का हैं।" लखनपाल ने कहा, "और इसकी आय पर्याप्त है।"

अब मैंने अधिक कुरेदना उचित न समझा।

अरुण आ गया था। और उसने धीरे से मेरे हाथ में पांच सौ रुपये दे दिए।

सावित्री के हाथ में पर्स और कॉपी-पेंसिल थी। जो शगुन देता वह रकम और उसका नाम लिख लेती। मैंने देखा, हर कोई एक सौ एक दे रहा था। में भी उठा और जाकर एक सौ एक दे दिया।

"अरुण आ गया है?" सावित्री ने पूछा।

"हां। तीन सौ रुपये का प्रवन्ध हुआ है।" मैंने कहकर जेब में हाथ डाला और गिनकर सौ-सौ के तीन नोट निकाले। "लीजिए।"

"अभी रहने दीजिए। जब जरूरत होगी मांग लूंगी।" सावित्री ने कहा।

मैंने नोट जेब में डाल लिए। अब वह मांगेगी तो कह दूंगा कि अरुण ले गया है या यह बहाना कर दूंगा कि किसी ने जेब काट ली है। जैसे-जैसे सावित्री को नोट मिल रहे थे, उसका चेहरा लाल हो रहा था।

कुछ मिनट बाद रूपा आई और उसकी सहेलियों ने उसे कार में बिठाया। उसकी सास भी बैठ गई और यशपाल भी।

न्यू राजेन्द्र नगर दूर न था। वे दस मिनट में पहुंच गए। सास ने उसे ड्राइंग रूम में बिठाया और दूसरे कमरे से सोने का सेट लाई और रूपा को पहना दिया।

यह गौने की रस्म थी जो अपने ही ढंग की थी। ऐसा गौना न कभी देखा था न सुना था।

आधे घण्टे में वे लौट आए। रूपा के मुख पर कोई खुशी न थी। वह

भीतर चली गई। वशपाल शामियाने में आ गया। उसके शरीर पर नया सूट था, जो केवल के भाई ने दिया था और रातों-रात ही सिल गया था।

बरात ने खाना शुरू किया। खाना बुरा न था। पूरी के साथ, मटर-पुलाव और पांच सब्जियां थीं। रूपा का खाना अन्दर भेज दिया गया।

सरोज आवश्यकता से अधिक व्यस्त थी। वह कई बार पास से गुज़री लेकिन कोई बात न की।

पन्द्रह मिनट में बरात ने खाना खा लिया। अब वे फल खा रहे थे। पचीस आदमियों का खाना कितना समय ले सकता था। अब जो मेहमान आए थे; उनकी बारी आ गई।

हम शामियाने में चले गए और प्लेटों में खाना ले ही लिया।

इतने में नीलम आई।

"तुम कहां थीं?"

"मैं देखने गई थी कि दहेज में क्या दे रहे हैं।"

"क्या दे रहे हैं?"

"केवल पांच साड़ियां। उनके पेटीकोट और ब्लाउज़ भी नहीं हैं।"

"चलो ठीक है।" मैंने कहा।

"और सुना है। बाईस सौ रुपये सगुन डाला है। एक हज़ार तो भाई ने ही दिया है।"

"बड़ी अच्छी बात है। अब वह सगुन की रकम सावित्री रखेगी। लोग लड़की की शादी पर रुपया खर्चते हैं। यहाँ रुपया आ रहा है जो केवल के शराब पीने के काम आएगा।"

"हां, डोली जा रही है।"

हम किनारे पर थे। और वहां से ही देखा कि मोतीलाल उसकी पत्नी, यशपाल और उसकी तीन वर्ष की बेटी, छोटा भाई और रूपा डोली यानी कार में सवार हो गए। रूपा ने बैठने से पहले सहेलियों को गले लगाया।

कुछ आंसू बहाए और कार में बैठ गई। शेष बराती अपने-अपने घर रवाना हो गए।

खाना समाप्त करके हम बाहर खड़े थे। शामियाने की दूसरी ओर से आवाज़ आई।

"राम नाम सत्त है। जो बोले गत्त है..." और अर्थी श्मशान घाट को चल दी।

केवल का चेहरा खुशी से सुर्ख था। उसने पटका उतार दिया था। सावित्री बैग लिए घूम रही थी।

अब हमारा कोई काम न था। हम धीरे से खिसक दिए। कैलाश हमारे साथ थी।

"रूपा की सेज पर फूल नहीं कांटे होंगे।" मैंने कहा।

"हम क्या कर सकते हैं?" रीता ने कहा।

"यह भी ठीक है। खैर, ऐसी शादी आज तक न देखी थी। वह तो ऐसे कार ले गए कि कहीं केवल रूपा को रख न लें।" मैंने मुस्कराकर कहा। वही सड़क न्यू राजेन्द्र नगर को जाती है और वही सड़क श्मशान को जाती है। रास्ता एक ही है।

• • •